———— 阅读之前 没有真相

午夜文库

刀与伞

[日] 伊吹亚门 著
白夜 译

新 星 出 版 社　NEW STAR PRESS

1	佐贺来客
55	弹正台切腹事件
107	监狱毒案
157	樱
211	而后，佐贺之乱

佐贺来客 ————

福冈黑田藩脱藩论客五丁森了介毙命于麸屋町押小路下段之民房。尸身刀伤纵横，体无完肤，形如烂肉。五丁森精通新阴流剑法却惨死如斯，究竟何人所为？经小人搜查，现呈结果如下，望垂阅。

——《尾张藩[①] 公用人[②] 鹿野师光报告书》

[①] 藩：江户时代对将军家直属领地以外的大名国的非正式称呼。日本各县的前身。（译者注，下同。）
[②] 公用人：幕府时代各大小藩主手下负责处理幕府相关事务的家臣，类似政府公务员。

一

雨中小路，男子独行。

民宅，一家挨着一户。人影，一路不见一个。寒雨迷蒙的午后，只有男子手中的红纸伞在缓缓起伏。

此人名曰鹿野师光，出身名古屋的武士家族，现任藩国公用人，肩担京都的政治工作。他上罩黑绉绸褂，下穿裙裤，腰别长短两把蛋壳漆①武士刀。哪怕脚踏厚齿木屐，手短腿短个头矮的他也不过五尺。随他小步快进，长刀在身后一摇一摆。这副模样不免让人想起林中鸦鹊。

雨声徐徐卖力起来。师光离开百万遍②的尾张驻京藩邸时，雨点方才濡湿肩膀，现在却作瓢泼之势泻下。凌厉的雨砾敲击伞上，冰冷的水滴飞溅地面，湿透他的木屐。

"不得不避一避了呀。"

---

① 蛋壳漆：在堆漆表面均匀粘贴细碎蛋壳作为聚饰的工艺。江户时期常用来装饰武士刀的刀鞘。
② 百万遍：净土宗总部知恩寺的通称。元弘元年（1331），疫病流行，寺中第八代住持善阿奉敕于宫中念佛百万遍祈祷疫病消散，故赐御称号百万遍。

自伞檐仰望灰色天空，师光呼出一口白气。

庆应三年（一八六七年）冬，京都麸屋町一角。

两个月前的十月十四，十五代将军德川庆喜忽将手中大权归还朝廷，史称大政奉还。自那以来，京都便身陷动乱旋涡的中心。

庆喜见幕府制度大限将近，遂使乾坤一掷之计，退还大任于朝廷。其如意算盘如下：面对突然归还的政权，天皇亦无力掌管，最后还得依靠德川家。纵使需要诸侯共治，显然实力高达四百万石[1]的德川家族也是盟主，德川家便能走出一条继续掌权之路。而对于企图武装推翻幕府，甚至准备好倒幕密谕的萨摩、长州两藩，自然也被打了个措手不及。

可就在庆喜的战略即将全胜之际，十二月初九一早，朝廷突然昭告天下，发布王政复古大号令，收回幕府一切实权。

无论如何都要结出维新果实的萨长两藩也正式宣告："后将实行新政，以天皇为尊。"这次轮到那些听信政权终会还回德川家的小诸侯炸开了锅。更何况当晚在京都皇宫小御所中召开的第一次新政府会议半强制决定，褫夺庆喜官位，没收其领地。德川家起初制订的计划可谓彻底破产。

为避开不必要的争端，德川庆喜离开居留的二条城，前

---

[1] 石高制：幕府时代，幕府和各藩国以自己土地上的粮食产量作为国力高低的评判标准。

往大坂。然萨长二藩怎会就此罢休？于是皇家的岩仓具视、萨摩藩大久保一藏等倒幕派和留在京城的尾张藩德川庆胜、越前藩松平春岳等佐幕派针锋相对。两方剑拔弩张，局势一触即发。

代表尾张藩在新政府任职的师光如今也小心翼翼，避开可能发生的武力冲突。这次冒雨外出正是要和佐幕派的同志碰头。

师光朝前走着，眼睛向右偷偷一瞄。民房夹缝间的小小巷弄敞着口。他撑着伞，若无其事地溜了进去。

快步走过狭窄的石板小道，浸湿的木香微微变浓。巷弄两旁并立着高高的、木纹泛黑的板墙。沿着墙壁，三只装满黑土的花盆孤零零地散放在墙基上。

大约走过一块町区之后，眼前的路略微宽敞了。石板道戛然而止，一脚踩入土地，屐齿便吃进泥泞之中。

正面一家古旧民房，何等荒凉。朽腐的格子窗摇摇欲坠，瓦片剥落的屋檐上荠草长得正欢，怎么看都不似有人居住。

师光深一脚浅一脚地来到入口，捏拳叩门三两声。紧掩的门板被雨水渗透，又湿又冷。

小巷深处只有大颗雨滴敲打屋瓦之声。师光将伞柄倚在肩膀，搓手驱寒。

不知过了多久，正当他冻得发麻之际，门后传来一阵解扣响动。师光释然，轻声道："是我。"

木门咔嗒一声打开。里面站着个身穿柿红色裙裤、体格健硕的络腮胡，左手还攥着一把朱鞘太刀。

"哟，恭候多时。"

五丁森了介笑道。

"好一只落汤鸡呀。"

五丁森让出一步，招呼师光入内。

"还不是赖你没早点开门？"

师光一边收伞，一边嗔责般说道。

"非也非也，小心驶得万年船。"

五丁森关上门，将木门闩牢牢插进地下。

师光只手拿伞环顾屋内。不可否认发黑的柱子和土墙透出古色古韵，屋内不似屋外那般荒废。

和许多民宅一样，这座建筑也是纵深布局。一进大门就是一处称为炊房的狭长泥地房。往上一级，便是由拉门区隔的客厅，结构十分简单。

炊房里，面向大门右手边设小灶、厨台，左边则是水缸、橱柜。屋子本身是二层建筑，唯独炊房上方区域挑空，俗称火袋。仰视高高的房顶，房顶上架着几根粗梁。

将雨伞伞头向上靠在墙边，师光留下一串"二"字脚印，穿过房间泥地。脱鞋石上已经静置着两双沾满泥污的草鞋。

"多武峰和三柳的,他俩也刚到。"

似乎注意到师光的视线,五丁森的声音从铺木地板的走廊传来。

"喂,你们两个,鹿野先生来了。"

拉门背后是间十五叠大小的客厅,除了沿右墙放置的书桌和油灯以外几乎不见家具。左面墙边有一道通往二层的楼梯,客厅深处还有一面小小的活板门、一扇小格子窗。活板门虽已紧锁,但为了通风,那扇与师光双眼平齐的格子窗倒是半开着。

两个男人夹着火盆对坐在客厅中央,一位高大强健的练家子,一位身材纤细的学者。两人都手握酒杯。

"哟,师光,好久不见。"

剃月代头①的汉子盘腿歪头,半月形的头皮还泛着青色。此人正是广岛藩士,多武峰秋水。

"雨终于下大了。"

学者风的男人瞟了眼小窗。这位和师光同留总发②的男人便是越后新发田的藩士,三柳北枝。

"可把我淋坏了,"师光苦笑,提袖示众,"五丁森他不开门哪。"

"不能这么说。庆喜公是走大坂了,但怀恨五丁森的德川

---

① 月代:日本成年男性的传统发型,剃光前额两侧至头顶的头发,使露出的头皮呈半月形。
② 总发:又称惣发,日本成年男性的传统发型,将头发整体向后梳,在头顶结成发髻。

余党还有不少躲在城里，多多提防没坏处。近江屋的事你也听说了吧？"

上月十五，为大政奉还立过功劳的土佐浪人坂本龙马和中冈慎太郎在河原町的近江屋遭人斩杀，下手者至今不明。不过根据风传，缘其出力破坏德川体制而被新选组记恨，这才惨遭毒手。

"真是添乱，亏我们东奔西走为德川家续命！"多武峰不耐烦地放下酒杯。

"说得不错。"三柳喃喃自语，抿了口酒。

师光卸下腰间的武士刀，在三柳身边坐下。

"啥？说我什么了？"

五丁森两手提着新酒壶，从拉门后探出半截身子张望。

"能有啥，还不是说你五丁森先生四处树敌。"师光添酒的工夫，三柳回道。

五丁森一脸讶异地坐到多武峰旁边。

"不止德川余党，听说新政府里还有人看你不顺眼？"

"算是吧。庙堂之上，岩仓公和萨摩的大久保拼了命地想赶我走。对那帮定要讨伐德川的人来说，我步步等待必让他们恼闷非常……不过这不是问题，人家太清楚我的价值。若把我五丁森了介杀了，谁给他们当翻译？还怎么跟英法公使沟通讨论？所以别看我碍眼，干掉我？使不得。"

五丁森嘿嘿一笑，砰地一拍腰间爱刀"朝尊"的刀鞘。

"且若有万一，还得靠它说话呢。"

五丁森了介是福冈黑田藩的脱藩浪人。

出生在下级藩士家庭的五丁森年纪轻轻就初显才华，曾以黑田藩士的身份在京都学习院深造。当时学习院是激进派尊攘①人士的聚集地，但凭借从那里学得的知识，五丁森认为破约攘夷是鲁莽无谋之举。他的思想也逐渐偏向日本开国论。

"攘夷的幼稚想法趁早扔了。主动向异国开放门户，借通商提升国力，除此之外全无他法。"

即使在当时攘夷思潮蔓延的京都，五丁森也从未停止高声宣扬其开国通商论，结果招来激进尊攘的萨长两藩之敌视。唯恐惹出骚动的藩主勒令其回国，可五丁森了介对此置若罔闻，继续留在京都。

脱藩以后，五丁森大胆地住在洛中②，为自己的理论奔走宣传。他一方面密切关注各大藩和朝廷的动作，另一方面又如饥似渴地从长崎引进众多西洋书籍开眼看世界。他的理论一直耳口相传于坊间，却逐渐引起当朝权贵和各藩高官的注意。最终他做上名君贤侯、越前藩主公松平春岳的编外顾问。在此过程中，刀光剑影也不止一次朝他袭来，但五丁森却也

---

① 尊皇攘夷：幕府末期，因幕藩矛盾激化和外国压迫而产生的"尊勤天皇，驱除外夷"的思想，简称尊攘。
② 洛中：京都建都自比中国的长安和洛阳，外地人进京又称上洛。洛中即京都的中心区域。

不以为苦。

"向信念前进，多虑无益。"

五丁森吟咏般地将杯中酒饮尽。

"你喝酒？真少有。遇上啥好事了？"

"上头派下来的麻烦事终于要交差了。今晚我可不能不喝呀。"

五丁森猛一伸手，从凌乱的书桌上抓来一沓折好的纸。

"最近上头在访问大坂城。"

"哦，春岳公吗？"

多武峰饶有兴趣地自言自语。

"我若同行自当最好，然而保不齐萨长那帮人会趁上头不在，在京都兴风作浪。所以我受命代为监视其动向，还要准备书信……对了多武峰，上社的信送去没有？"

"啊，已经按你的指示去大垣藩邸直接交给他本人了。"

面对轻轻点头的多武峰，师光"嗯"地应了一声：

"上社，那家伙不是在长崎吗？"

"我也是方才知道，两周前他已归京，还从大垣藩邸给多武峰派去信使呢。"

三柳在旁解释。

"他好像伤风缠身卧床不起，还说等身子好些便尽快向诸位补上回京问候。"

听罢多武峰的补充，五丁森将书简放回书桌，笑说"得救了"。

"我还想一听那家伙的高见呢。"

三柳为多武峰满上酒。

"话说回来，春岳公此行大坂，还是为见庆喜公吧？"

"没错。现在洛中正在风传什么'一万五千德川郎，杀入皇宫讨萨长'这种扰乱稳定的流言。我知道是谣传，但无火不生烟，上面亲口交代：切勿轻举妄动。"

"无火不生烟？我看会津和桑名是按不住心头火了。"

德川现在的根据地大坂城里，除了庆喜麾下的德川兵，还驻扎着原京都守卫松平容保、原京都所司代松平定敬率领的会津、桑名两拨藩兵。往日自豪于守护都城安宁的两藩士兵，如今却被逐出京城。大坂城内一时喧嚣声起，杀气翻腾。

"还记得那次？长州攻入京城时被会津、桑名打了回去。这回轮到长州、萨摩来守皇宫了。"

放下酒杯，多武峰直视窗外。

元治元年（一八六四年）七月，一心想恢复本藩权力的长州攻向会津藩守卫的皇宫，史称蛤蟆门之变。仅京都市内就有三万民房焚毁，直至三年后的现在，洛中仍残留着当时的伤痕。

"那阵子皇宫周边也被烧掉不少吧？"

"还是避不开战争吗？"

似要接续中断的对话，三柳喃喃自语。

"不会!"五丁森大喝一声,"不会打。我们不恰恰为此目标而行动吗?怎么了三柳?犯尿可不像你啊。"

五丁森大手一挥,一把拍在三柳背上。

"这么使劲,手不疼吗,五丁森?"

三柳苦笑着,身子微微一撇。

"哦,那个……师光,有件事想让你帮个忙。"谈话间歇,五丁森扬起他被酒气染红的脸说道,"也不是啥大事,让你带个人过来。"

"把外人带到这儿?"

多武峰受惊般地看向五丁森。

"别担心,三条公亲自介绍来的佐贺藩士,身份没得问题。"

"嘿……"三柳的表情颇感兴趣,"佐贺来人当真稀罕呢。"

肥前佐贺藩在整个西日本也是屈指可数的雄藩。在藩主锅岛闲叟的领导下,早年引进的西洋技术大概初见成效了吧。无论是建造日本第一座炼钢厂还是普及种痘,佐贺的近代化程度无疑走在日本前列。

即便手握实用汽船和后膛炮等近代兵器,佐贺藩也从未拿强大军力做过政治筹码,而是贯彻本藩的锁国主义政策,断绝同其他藩的一切交流,哪怕跟中央政局也保持着一步之距。

"佐贺兵力不容小觑,若能交好,亦可牵制萨长。"

许是醉了,五丁森高声道:"平日傲慢自负的政府大人们，唯独对闲叟公提心吊胆，还游说他上京。'肥前妖怪'声名在外呀。"

"坐拥那般强大的军力，却按兵不动……也难怪萨长两藩会忌惮佐贺啊。"

五丁森一手持杯，一手摸摸下巴说：

"那男的外表不咋地，但脑袋很灵光。本想着有空找家酒馆请他一桌，可现在连这一点时间都耗不起，所以劳你先接他过来。"

多武峰皱着眉头抱起胳膊：

"真不要紧？外面装腔作势巴结上来的人可是堆成山咯。"

"不必担心。"五丁森笑着摇头。

"我带他来此即可？要去佐贺藩邸迎他吗？"

"不用。他说后天过午会去你们百万遍，到时可以同他聊聊。虽说是个怪人吧，但我倒觉得你俩挺合得来。"

"嗯？"师光哼了一声，"那人名字？"

"姓江藤，名新平。念起来有点怪但名字不错，所以我当场就记住了。"

二

两日后，黎明时分。

"不知可否面见鹿野师光大人？"

尾张藩驻京官邸个人房间里，师光正在安静用餐，忽闻街上传来自己名姓，不由停下筷箸，循声望去。

"尾张藩公用人鹿野大人在吗？"

瞥了眼壁龛里的座钟，六点刚过。外面那人西边口音，没印象……他叫得也太大声了吧。

神秘的声音仍在继续：

"鄙人奉佐贺藩主之命上京，与鹿野大人商讨要事。有人吗？请尽速代为传达！"

噗——一口酱汤喷了出来，师光慌忙擦嘴起身。

"不是说过午才来吗……"

他跑进走廊，出玄关到门外。豪雨昨晚方住，湿漉漉的门前，一个身穿纹饰正装、脑门奇大的武士正跟众门卫争论。那男人认出师光，硬生生挤开门卫走上前。

"你就是鹿野师光吧。"

男人的脸伸向师光,咄咄般问道。

"啊啊,我是鹿野……"

见对方没半点客气,师光讶异地打量着他的脸。

"那有劳你快带我去见五丁森大人。想必你听说过,我没多少时间,所以赶紧的——啊,对了还没自报家门。我是佐贺藩士江藤新平,这次代表闲叟大人进京,后头请多关照。"

男人语速很快,面无一丝笑意。

"这么说,五丁森大人的居所只有鹿野君等少数几人知晓?"随着呼出的白气,江藤边走边问。

二条通上,两人前行,时而和上工的匠人擦身而过。妙满寺被淋得乌润润的青瓦屋顶沐浴着朝阳,熠熠生辉。

"除我以外,尚有三人知晓:广岛藩的多武峰秋水、新发田藩的三柳北枝,以及大垣藩的上社虎之丞……平时五丁森会去冈崎的越前藩邸,但连五丁森供职的越前,应该也无人知道他躲在哪儿。真有事的时候,五丁森会通知我或者那几位代为转达。"

师光一面小声解释,一面转进二条麸屋町的一角。

"对越前都保密?还挺谨慎哪。"

江藤有点意外,声调上扬。

想当初,反对攘夷的五丁森受过多少嘲笑,多少鄙薄。

如今形势一变，在谁都不得不承认只有开国通商才是唯一出路的当口，往日那些嘲讽的大多数竟调转风向，没事人似的贴上热脸。至于五丁森将一切看在眼里，同周围划清界限，便也不难理解了。

"成大事者，需以地位佐之。他之所以侍奉春岳公，盖因天皇召询国事时，越前藩最能说得上话。"

听着师光的说明，江藤点头。

"唯一例外的，是你们四个。"

彼时因论调过激，五丁森成为众矢之的，而解救他于水火的正是师光等四人。虽然结识过程各有因缘，但四位皆爱其人品才干。而后隐匿五丁森，将他引荐给雄藩高层，直至让他活跃于台前，也都有赖师光等四人打下的基底。

不过他们并非个个赞同五丁森的思想。本就反对攘夷的上社和师光与五丁森是互借洋书的伙伴。多武峰和三柳是他学习院时代的同窗，骨子里本是攘夷论者，但和五丁森讨论过后，认清了破约攘夷的鲁莽，转而投入开国论。

"我很高兴。"一次席间，五丁森少有地醉了，曾这般自语，"世人皆以开国为脱藩浪士标新立异博人眼球的妄言，从未认真对待。但诸位且听且议，与外人不同，所以我只相信你们。"

"不过……"江藤摸了摸下巴，"听说还有很多人盯着他，他选择隐居我觉得挺好。"

"五丁森参与了先前的大政奉还，之后德川余党便成天死盯着他不放。不过他们大多随庆喜公去了大坂，一时间也不剩多少了——是这么个情况。"

师光苦着脸。

"可现在他还要戒备新政府。那帮人面对碍事挡道者统统格杀勿论，毫不留情。"

五丁森始终反对讨伐德川幕府。无论是给主人春岳做参谋，还是偶尔参与新政府会议，他都极力反诘高呼讨幕的萨长两藩，让主战派们自讨没趣。

"这样啊。五丁森大人是反战人士。"江藤如同回想起什么似的说道。

师光避开一大摊积水，频频点头。

"只要开打，德川与萨长不拼个你死我活，战事就不会结束。最后国家积贫积弱，英法又怎会放过？要像大清国那样变作洋人的口中肉那可全完了。五丁森最怕的是这一层。现在——"师光接着道，"英国公使帕克斯正向大坂城里的庆喜公大抛橄榄枝，让他接受英方援助。而法兰西则卖给萨长大量枪支弹药。口口声声说着不干涉别国内政，可到底谁在煽动战争简直一目了然。德川与萨长之争，无非是英法打的代理战。真是混账东西，岂有此理！"

江藤交叠双臂，细细端详师光的脸。

"怎、怎么啦？"

"没啥，本以为新政府里净是些傻子，原来也有你这样的明白人嘛，刮目相看。"

"啊，多谢。"

师光装出一副若无其事的态度，眼神偷偷瞟向身边。

磨损到完全褪色的纹饰正装和裙裤裹住男人全身。他比师光高出一头，皮肤如陶器一般苍白，而在宽阔的额头下，不甚愉快地蹙着一对浓眉。

怪人。师光心里直犯嘀咕。江藤的傲慢无礼已让师光出离了愤怒和惊讶，甚至令他有些钦佩。师光无疑是新政府的一员，而江藤不过是个刚打九州进京的无名藩士。按说两人地位天差地别，可从江藤身上丝毫看不出尊卑的顾虑。于此人而言，对方是何身份跟他无关。即便面对贵族大名，他也会毫不在意地单刀直入吧。

当初师光以为江藤在虚张声势，以掩盖位卑而生的羞惭。可现在他开始淡淡觉察到是自己错了。

"罢了，相比那些逢迎谄媚，这位算不错的了。"

"你说什么？"

"没，我自言自语。"

就在师光笑着打哈哈的同时，背后传来一声"喂"。两人回头一看，一位穿着红豆色羽织裉衫肥头大耳的男人出现在他们身后。

"这不是鹿野君嘛。"

"哦哦,上社。"

摇着太鼓般的肚腩,上社虎之丞向师光走去。

"好久不见。我听多武峰说你从长崎回来了。伤风好了吗?"

"还有点咳嗽。上次见还是夏天吧?身体可好?"

上社说着,亲切地拍了拍师光的胳膊。

"我还记得上次见面,你正给英商做口译,确实过去很久了。"

"就是啊——咳呃嗯哼……"

伴着一阵低吟,上社清了清喉咙。

"这世道哎,为了备战,西边各藩都跑来买武器弹药。一大堆契约得一份一份译成英文,大工程哪。结果还是比约定期限晚了两个月。"

师光微笑着连连称是,又道:"对了,我现在要去五丁森那儿,莫非你也一样?"

"虽然迟了,可既然回来了总该去打声招呼。"

"话说五丁森那家伙还提过,说要找你有什么事。"

上社有些惊慌,身子微微前倾,附在师光耳边小声道:

"你也知道了?唉,多武峰送来的信中说有什么事非要拜托我……不过鹿野君,那位是谁啊?"

一转身,可能是被晾在一旁而不快,只见江藤正不停跺脚。师光快速后退，手指江藤介绍：

"这位是佐贺藩士江藤新平先生，是五丁森也认可的才人。我正带他前往五丁森的住处。江藤先生，这位就是我刚才介绍的大垣藩上社虎之丞，不仅是宝藏院流枪术达人，还精通欧美之事。"

"鄙人上社，请多关照。"

对点头寒暄的上社，江藤只"嗯"了一声。

"好大的味道，什么烧焦了？"沿麸屋町通一路向南，江藤突然开口道。

师光抽着鼻子闻了闻，没错，屋舍连片的窄路上充斥着木材烧焦的难闻气味。

"啊啊，大约是我们惹的祸。"师光身边的上社说道，"昨晚本藩藩邸遭遇雷击，引发了火灾。"

"那可不得了。"

师光瞪圆双眼。上社居住的大垣藩邸距此不远，在麸屋町押小路偏北。

"档案被烧，但好在无人伤亡。"

上社遂踏进通向五丁森居所的小巷，师光和江藤跟在他身后。

"明知有人欲取他性命而仍居闹市，真是胆识过人。"

听见身后江藤喃喃自语，师光不禁苦笑：

"五丁森也有自己的防范手段。他深居简出，常借格子窗观察屋外。除了我们，若有陌生人接近，立马从后面的活板门——"

突然，眼前的上社站住了。

"鹿野君，你看——"

上社抬起粗壮的胳膊指向前方。师光从他宽厚的背后露出脸，向他指的方向看去。

小巷尽头，弹丸大小的空地对面，朝阳洒在五丁森的民宅，而门是半开的。

难以言说的不安自脚边攀缘而上。师光从上社身边射出，溅起一阵泥点，奔至屋边。

厚厚的木板门，特别是锁扣附近留有几处新斩过的刀痕。师光手扶门边，一口气打开门。

"五丁森！"师光大声呼喊他的名字。

灶房没有人影，从高窗投下的光柱里，只有尘埃静静地反着光。

就在即将踏入灶房的一瞬，师光迈出一步的脚当场僵住。至今也没嗅过几次的臭味冲进他鼻腔深处。

师光的手指缓缓摸向腰际，目光凝聚在里屋。拉门被拽开一点。师光让后面两人稍等，自己慢慢踏进泥地房。

将气息抽成一根细长的白线，师光足不离地，身体滑过炉灶和厨台。脱鞋石上还放着那双熟悉的五丁森的木屐，木屐旁边立着一把涩染①的纸伞。师光再次呼唤他的名字,移门背后仍无人回应,只有腥臭味愈发浓烈。

师光穿着鞋走上木板地。他一手紧握刀柄,另一只手将移门一气拉开。

客厅里弥散着令人作呕的恶臭。师光登时用袖子掩住口鼻,接着,眼前的景象使他愕然。

客厅一面被血泊染红。飞溅的血迹甚至喷到内里的墙壁,加深了眼前的惨状。

它倒卧在鲜血浸透的榻榻米上,好似向这边伸出手来。那是蜷曲如婴儿的人——不,现在看来不过是被千刀万斩后一堆沾满鲜血、原形难辨的烂肉罢了。身上肌肉连同衣服被一气切开,右胸上还有宽两寸的深深刺伤。被割开的腹部里流出红黑色的内脏。弯曲的手臂和腿上亦有刀伤,有几处深可见骨。

师光擦着额上汗珠,慢慢绕至尸体背后。颈部多伤口,将尸首扭向不自然的方向。

"谁干的……"

师光单膝跪在黑红一片的榻榻米上,看着以血洗面的络腮胡。

"告诉我,五丁森。"

---

①涩染:用青涩柿子的发酵汁液作为防水、防腐、防蛀涂料的印染工艺。

他轻声呼唤亡友的名字。

"喂！鹿野君！"

外面传来上社的声音。师光站起身，视线从五丁森身上抽离，环视屋内。

由于家具不多，房间里没有被特别破坏的痕迹。师光避开尸体，走向里墙。

"五丁森没来得及逃掉吗？"目光停在墙壁右角的活板门，师光小声问道。假使前门被堵，他也应该能趁来者破门之际从此溜走才对。然而活板门牢牢锁死，其上一层积灰，看来已久未使用了。

师光一边想，一边返回炊房，就在这时——

一只脚落在泥地，师光僵在当场。

大量血液染红了客厅深处，但与之相对，炊房泥地到走廊地板这一段却只有几处飞溅的血点。没有擦拭痕迹，只有师光进来时留下的泥脚印。

"鹿野君，我进来了！"

上社的怒吼声再度响起。师光慌忙奔出走廊，只见上社正钻进大门。

"鹿野君，不会是——"

可能是闻到了血腥味，上社表情严峻地看向师光。

"五丁森、他、在客厅里被杀了。"

师光用他不住打结的舌头，终于把话说全。上社两片肥厚嘴唇的间隙里传出一阵不成声的呻吟。

"五丁森的遗体不能就这么放着。上社，劳驾去藩邸叫人来啊。"

"藩、藩邸？我们藩的吗？"

"不然呢？我要检查遗体，快去！"

面对师光不由分说的语气，上社欲言又止地走出大门。

目送着上社背影离去，师光回到客厅，就在此时——

"砍了不少刀嘛。"

忽闻身旁幽幽一声。

师光登时手握刀把，以拔刀之势转身，却见江藤不知何时站在一旁，交叠着双臂俯视尸体。

"你什么时候……"

"嗯？"江藤抬起头，"我刚才不就在这里了？没注意到我吗？"

江藤厌恶地咋舌连连。

"素闻五丁森了介树敌众多，可未曾想这么快就被杀——唉，判断失误。"

自知变了脸色的师光不禁想反击。江藤制止了他，自顾自地说着："先不说别的，你灵机一动，以'叫人收尸'支开旁人，这一步做得漂亮。确实，袭击五丁森了介的不是个陌生的杀手。"

师光吃了一惊，看向对方。

江藤微微一笑接着说："鹿野君，见此惨状，你很聪明地意识到：不能让上社虎之丞进入客厅，对吧？若是他动的手，进客厅可是要毁灭证据的。"

江藤走到目瞪口呆如金鱼吐泡的师光身边，单膝着地，指尖略微碰了碰染血的榻榻米和尸体胳膊上的伤。

"来时路上，你曾说你们前天中午在此饮酒直至傍晚。所以五丁森被杀是在前天夜里到今天早晨之间。接下来，虽然血泊大半已凝固发黑，但仍有几处未干，故遇害时间不久，应是昨天夜里吧。"

用自己的裙裤揩了揩弄脏的手指，江藤站起身来。

"还有一点需考虑进来。这几日大雨连绵，昨天下午才转为时停时歇的小雨，云层只在夜里散过一个半小时，接着晚十点后不久雨势又开始变强，临近早五点才完全停止。没错吧？"

面对伸手指向自己的江藤，师光点了点头。

"那么为何没有足迹呢？"

江藤指着师光的脚边。

"假设杀手破开正门闯进屋子，必会经过门外泥泞，鞋上定会脏污。可为何直到客厅深处都没有动手之人的脚印？即使是现在，鹿野君的鞋印还留在榻榻米上呢。破门急袭的杀手会仔细脱鞋后再下杀手吗？"

师光呆望着江藤滔滔不绝的模样。

"若是在泥地房或者地板过道上被斩杀,确实不会留下足迹。但从大量血迹出现在客厅深处来看,明摆着五丁森是在这里被斩杀的吧?因为这一路没有擦拭血液的痕迹。"

手指直冲屋顶,江藤接着说了下去。

"如果不是杀手突袭,那么下手之人就是五丁森亲自接进来的。此人是谁?这儿的重点是你告诉过我的,'能让五丁森了介开门的,只有他的同志'。也就是说……"

"也就是说,除了能从正门进屋、脱鞋后进入客厅的那三个人,不作他想。"

"错,包括你,四个人。"

师光无言以对。

"你,你难道想说是我把五丁森杀了?!"

"没说是你杀的。我说的是可能是你杀的。"

江藤不耐烦似的挥挥手,打断了师光的话。

"这不是一样吗!我为啥要杀五丁森啊?"

"其他三人也会这么问啊。那么你先回答我,昨晚在哪儿,做些什么?"

"昨晚我在百万遍啊,你去藩邸一问便知!"

"好了。"江藤一点头。

"若果真如此,你便不是那下手之人。当然,过后我会确认。那么先说说剩下的三人吧。多武峰、三柳、上社,他们当中的一个或几个……是那进屋前会先脱鞋的高修养杀手。"

说到这儿,江藤环顾房间。

"好了,趁那男人还没回来的短暂时间,赶紧调查一番吧。"

"等、你等一下!"他急忙向蹲在尸体旁的江藤喊道,"调查,为什么你会……"

"不是说了吗,判断失误。"指着尸体的脖子,江藤语气生硬地说,"此次上京我有命在身:让佐贺在京城拥有不输萨长的地位。倘若同现在一般籍籍无名,则任务终究是梦幻泡影。所以我无论如何也要让江藤新平的名声轰动京洛。"

师光皱起眉头。

"你就因为这个来找五丁森?"

"别搞错了。是我选择了他,但他被杀了。"江藤恶狠狠地说,"俗话说被人摘桃大抵就是这种滋味吧。鹿野君,憎恨下手之人的绝非你一个……可气归气,如今也追悔莫及,所以我要改变方针。"

"你不会——"师光的声音大了起来。

"我要找出凶手,扬名立万。"

"我知道,然后呢?"

江藤表情讶异地回头。

"你说话好奇怪啊,鹿野君。你和我不都想让杀手之罪行暴露在白日之下吗?要不你怎会支开上社呢?"

看着一时不知如何回答的师光，江藤又添了一句：

"若没有追凶的兴致，趁早滚蛋，别碍事。"

江藤的视线重回尸体。师光恶狠狠盯着他的背看了半晌，最后还是放弃般大叹一口气。

离开正在检查尸体的江藤，师光顺楼梯来到二楼房间。

"二楼已作书库卧室了啊。"

楼上房间和楼下差不多宽敞，但这里堆满了书籍，几乎没有落脚的地儿。在书堆中央，只有一床又薄又硬的白色被褥，并未发现什么异常。

师光回到一楼，从尸体和江藤身边经过，走进房间深处。活板门依旧，墙上小窗也关着。五丁森被砍时飞溅的血沫如几条带子印在墙上。

接着他来到书桌旁。桌上有一方完全干涸的砚台、一支细毛笔、几册黑皮洋书。在它们旁边是折好的厚纸札——五丁森说过，这是春岳公交代的书信。师光微微前倾，拿起书信。

书信上不见半点血痕。抚摸封面，纸上明显带着湿气。细观之，还有点点水滴滑落的痕迹。

师光正微微犯疑，只听见背后江藤的呼声：

"鹿野君，且看。"

江藤依旧跪地，看着扔在尸体身边的大小两把武士刀。

"是五丁森的刀？"

江藤抓住刀鞘，猛然伸向师光。

"是，太刀和胁差都是他的。"师光点点头。

江藤应了一声，将太刀从刀鞘中拔了出来。

"刃上无血……他没抵抗？"

看着反复端详白刃的江藤，师光摇头道：

"客厅太矮，一般不用太刀，因有横梁阻挡，不好挥舞。既然要拔刀伤人，当属那把胁差趁手。"

江藤一脸茫然地听完这番分析，忙伸手取来胁差。抽刀一看，刃上果然有红铜阴影。指尖触及刀身平滑之处，还能感到脂肪的黏腻。

"剑术……我是外行。"

似在借口搪塞，江藤小声念叨。

师光将书信收进怀中，来到炊房。干燥的厨台上散落着几个干掉的菜帮子。小灶里的炭已经完全冷却。水池一角还有洗过晾干的酒壶和两只酒杯。再看橱柜，杂乱堆放着酒壶、酒杯、茶碗等餐具酒具。

"鹿野君，"江藤在客厅里向这边望，"找到什么了吗？"

"只有一点点。"

师光正说着，从他身后传来嘈杂声。上社带人回来了。

三

看着五丁森的尸体被搬去附近寺院，师光将善后事宜交予上社，自己和江藤前去拜访多武峰和三柳。明面告知遇害消息，实则打探二人虚实。

薄云轻覆的冬日天空下，两人沿鸭川旁的河滩道走向多武峰的住所。

"这件事，我不觉得出自多么缜密的计划。"

江藤踹了一脚道旁的卵石。

"不然，他不会犯下如此愚蠢的错误——没留下脚印。前门的刀痕，现在想来应该也是刻意为之。会不会是争论之后起了杀心？"

"五丁森了介有真才实学，又能言善辩，待在反战阵营里，必对萨长不利。此时，有人伪装成德川杀手实施暗杀也不足为奇……不过——"

江藤手指一点。

"就算三人中有谁暗地勾结萨长，若论暗杀，实无必要拔刀相见。特别是知根知底的同志，只消趁隙下毒于酒中即可。"

师光抱着胳膊。吹过河面的风打着卷儿，轻轻摇动他的衣袖。

"可若是争论后决斗的话还有个疑点。五丁森是新阴流剑法达人，谁能在刀剑方面拼过他？"

江藤露出了意外的表情。

师光继续说："三柳不谈了，多武峰的刀法应该不敌他。上社使枪，或可同他一战……"

"但没人会带着枪外出的。"

江藤一阵沉吟，皱起脸来。

两人拐进仁王门通。越过剥落的白墙能看见顶妙寺黑色的佛堂，还能微微听见堂内的诵经声。

"五丁森为何被杀呢？"低着头，师光自言自语冒了一句，"我等之中若有人奉萨长之命行暗杀之事，那计划也太过粗糙了。"

"鹿野君？"

"但是且慢，一旦用投毒的方法，那就坐实了下手之人可以进入客厅，嫌疑便框死在我们四个头上。所以为了规避此局面，他没有用毒。"

"喂，鹿野君。"

"是谁憎恨五丁森吗？因为怨恨，那人不想用毒而想亲手用刀……但这又回到原先一问，谁能敌过五丁森的剑法——"

"鹿野师光！"

师光慌忙回头。方才想得入神，只见江藤站在一幢古旧的民房前，一脸无奈地看着他。

"你要去哪儿？多武峰不就住在这里吗？"

两人被带进客厅等候多武峰。江藤在师光身后坐下，与他相隔一步之距。

"多武峰秋水为何特意搬出藩邸居住？有什么说法？"就着端上来的茶水，江藤问道。

师光保持着坐姿点点头。

"广岛藩仍分两派，一派支持德川，一派支持新政府。藩内争论混乱不堪，传言甚至起过流血冲突。对于支持新政府、讨好萨长的那些家伙来说，反对讨伐德川的多武峰自然成了眼中钉。只要逮着一点机会，他们便想尽办法让他失势。为了不卷入无意义的纷争，多武峰这才搬出藩邸。"

过道深处传来嗒嗒的足音。两人视线所向，拉门一开，身穿一件小袖和服的多武峰出现在门后。

"哟，师光，怎么了？"

多武峰忍住一个大大的呵欠，在师光面前坐下。

"突然造访，对不住啦。"

"不碍的，我今天也没事。"

说着，多武峰拿起侍女送上的茶嘟咕嘟咕喝了起来。

和师光一样，多武峰秋水是广岛藩的公用人。身高超过七尺，容貌魁梧的他是关口流柔道达人。三年前征伐长州时，他只身一人坚定地拥护长州，名声流传藩内外。

"那么，这次有何急事？"听完师光介绍过身后的江藤，多武峰放下茶碗问道。

"五丁森了介被人杀了。"

师光正要张口，背后便飞出江藤的声音。多武峰的视线也随之离开师光。

"什么？"

多武峰呆张着嘴，看了看师光，又看了看江藤。

"喂，师光，这男的说的是真的吗？"

多武峰眉头紧皱，一脸严肃地逼问师光。师光只轻轻点了点头。

"怎么会——"多武峰两手一把攥住师光双肩，"谁干的！萨长？是他们那帮人把五丁森给……"

"冷静！"

在师光尖锐的声音里，多武峰埋下头，接着双肩力道一泄，喘着粗气。

"身上的刀伤不止一两处，一定是寡不敌众吧。"

多武峰一脸无奈地闭上眼。师光大咳两声，重新坐好。

"哎，多武峰，你是不是经常去五丁森那儿啊？那个，昨天也去了？"

多武峰面色黯然，摇了摇头。

之后，师光一边讲述尸体发现时的情况，一边不让多武峰察觉地套出他昨晚的行动：傍晚六点过后，多武峰外出木屋町饮酒，流连几家之后于十点前归家。甫一归宅，发现数名广岛藩高层正候在家中告知他火情，后来他们又就德川新政府两派展开争论，直至今早。

"那些高官什么时候回去的？"

听到师光发问，多武峰歪头想了想。

"我记得天还没亮，只是雨已经停了。"

"刚才和用人对过，广岛藩的人是早上五点多一点走的。"和师光并肩走着，江藤说道，"之后多武峰就回二楼房间睡觉，直到我们来。虽然可以从后门掩人耳目偷偷离开，不过楼下一直能听见他呼噜打得震天响，所以应该是真睡了……但从十点到五点，广岛藩的人完全有可能统一口径，包庇多武峰。"

"不，不会的。虽然同在广岛藩，但里面还是有人看多武峰不痛快，口径是不可能统一的。"

江藤"嗯"了一声，轻抚下巴。穿过狭窄的道路，两人又来到鸭川。寒风呼啸的河滩上不见一个人影。

"下一站去新发田藩邸？"

"是啊，距离这边有点远。"

看了眼午后阴郁的天空，师光点点头。

在新发田藩驻京宅邸八叠大的会客厅里，师光、江藤二人与三柳相对而坐。

"这位便是佐贺的江藤新平大人吧。"三柳笑着向江藤打招呼，"新发田藩的三柳北枝，请多关照。"

面对客气低下头的三柳，江藤只高傲地回了一句多指教。

三柳北枝是国学造诣颇深的尊皇派，也是师光最早的同志。将五丁森介绍给师光的也是他。虽不精武艺和英国学问，但赋诗作文方面的才华颇得大臣们垂青。他现在尚且做了个京都留守居添役的下等职务，却经常作为非正式成员，代表北陆各藩参加新政府会议。然而新发田至今未明确在德川和新政府之间站队，所以藩内高官并不喜欢三柳为别藩忙前忙后。不过作为北陆一介小藩的新发田，倒也无力拒绝别家借走三柳的请求。

"突然造访，不成体统。"

三柳摇头，连说无妨。

"原想去三条的小草纸屋买些汉籍，但见风雨欲来，爽性作罢。"

三柳啜饮着热茶。可能是苦于夹在藩中矛盾，扰人心神吧，那张脸憔悴得处处可见疲劳的阴影。

"那么此次前来，所为何事？"放下茶碗，三柳将双手伸向身旁的火盆，问道。

一番逡巡过后，师光慢慢开口：

"五丁森被杀了。"

"啊？！"三柳的面色变得苍白。面对他叹息般的疑问，师光紧闭双唇微微点头。

"真的吗？"

"昨晚遇害的，寡不敌众，身上中了太多刀。"

三柳语塞了。只有风吹过纸拉门的声音回荡在房间里。

"三柳大人，昨晚你在做什么？"

江藤麻木的声音，忽然从师光身后传了出来。

"昨、昨晚吗？昨晚我与对马藩的高层有约。他们离开藩邸时已经七点多了。之后我去了亚风亭，一直待到十点。"

亚风亭是位于木屋町的一家酒馆，也是师光他们经常光顾的店。

江藤凑过身，继续追问："之后呢？之后你又去了哪里？"

"没去哪里。正好又下雨了，便叫来轿子打道回府……不过你问这些作甚？"

江藤沉默地摇摇头。

"我问过门卫了，他是晚十一点前回来的——算了，之后再想吧。虽然我不认为他会撒这种一查即破的谎言，但姑且先去对马藩和酒馆问问。"

对马藩邸坐落于河原町姊小路的十字路口，距离建在高濑川边瑞泉寺旁的亚风亭很近。

"不，我们先去上社那儿吧。现在去亚风亭等于绕远路。"

抬头看去，黄昏的天空已经染上深蓝，几点白星散落其上，天气正冷得令人发颤。刀一般的寒风中，两人缓缓走在夜色逼近的堀川边。

麸屋町押小路上段，大垣藩邸里的一间。

"五丁森安葬在东山的墓场，去给他上炷香吧。"

上社慢慢移动着他小山般的身躯说道。

"抱歉让你操劳这么多。多武峰和三柳也惊呆了。"

上社闷闷地抱起胳膊。

"唉，多好的人，就这么走了。"

众人沉默，火盆上的水壶发出咻咻声。师光眯起眼，面色沉痛地盯着上社。

他知道，大垣藩士，上社虎之丞——别看他肥肥胖胖好似财神惠比寿，一旦拿起长枪便是一骑当千的强者。禁门之战中，他作为大垣兵的先驱，将长州兵逼至伏见。若论宝藏院流的枪术，整座京城他首屈一指。上社不仅武艺卓绝，也精通英语，甚至被派去当英国人的翻译。五丁森生前还常找他借西洋书籍。

"而且昨晚你们真是够呛。我听引路人说落雷点燃了火药，老远都能看见火柱？"

"是啊。"上社苦着脸说道，"落雷引发的火苗，蹿进仓库点燃了火药炮弹。幸亏雨水保住了藩邸，但仓库全毁了。我八点吃过药就躺下了，半夜突然爆出一声巨响。那时应该是凌晨两点吧，我慌忙从房间跑出去，这时候又是一声轰鸣和震动。一睁眼，整个仓库房顶被掀翻，燃起一道冲天火柱。哎呀，真吓人。"

结束了和上社的谈话，师光走出大垣藩邸的前门。江藤还留在玄关，和下人说着什么，估计是确认昨晚上社的出入情况吧。

斜阳落尽，皎月东升，将周围照得惨白。师光突然想起什么，从怀中取出书信，借月光读了起来。

"这是——"

展开折纸，师光呆住了——被雨水沾湿，略有变色的纸面上是笔法流丽的英文。

四

乌丸今出川,在大圣寺宫背后的室町通路口,有一家夹在老式民宅中的饭堂——松乃屋。混在喝得面红耳赤的食客之中,江藤和师光对坐,吃着盖饭。

"上社说他昨晚在藩邸,看来没有撒谎。火事骚乱之后,藩邸的人曾见过他。"

嘴里塞满吸饱汤汁的米饭,江藤又道:

"但也不能断定他就不是凶手。出大垣藩邸,走两步便是五丁森的住处。火灾前从后门离开,完事后再装作若无其事溜回房间是很容易的——喂,鹿野君,你在听吗?"

"嗯?啊啊,在。"

手拿筷子一脸严肃的师光在江藤的叫声中扬起脸。

"怎么了,打从刚才就不说话?"

"我想了很多,但总觉得很乱。"

师光自言自语,放下筷子从怀中将那沓纸拿出来。正大嚼南瓜天妇罗的江藤伸头问:

"这是啥？"

"五丁森受春岳公之命写的书简，我从现场借出来的。可能它就是本次事件的元凶吧。"

"啊！"江藤满脸无语之色。

"如此重要之物，你怎不早些……"

师光止住逼过来的江藤，接道：

"'近期春岳公要访问大坂城，我未同行，而是受命留下监视萨长动向，并准备书信。'五丁森跟我们这样说过。此书系五丁森在反战派的春岳公前往德川大本营期间所写。萨摩和长州一定极其关注信中内容。"

江藤细细看着师光手中的这沓纸。

"它留在案发现场了？很干净啊，一滴血都没沾。"

"问题就在这儿，"师光把书简放在桌上，"书简特征有二：其一如你所说，滴血未沾；其二是封面明显残留雨水痕迹。书简所在之书桌离窗尚远，且砚中余墨已干，书简水痕不可能为雨打书桌所致。遂可引出以下两个答案：一，下雨后书简曾被人带出；二，至少五丁森被害时，书简不在桌上。"

端起汤碗的同时，江藤"嗯"了一声：

"那么按照先后顺序，应是'下雨''书简落入凶手手中''五丁森被杀'。下手之人先将书简装入自己怀中，再斩杀五丁森，随后离开……"

师光摇头道：

"不对啊。先拿书信说明杀手为书信而来，暗杀五丁森只是计划的一部分。下手之人恐怕先用药迷倒五丁森，趁隙盗出书信吧。水池里的酒壶酒杯应该是他离开前抹灭的证据。"

正用筷子灵巧择出蛤蜊肉的江藤，惊讶地看向师光。

师光继续说："你想想，知道五丁森住处的只有我们四个。若尸体在房中发现，首先会被怀疑的也是我们。没人会自投火坑，如果为了暗杀完全可以弄昏五丁森后把他拉出房，在外街杀之。如此一来'五丁森了介偶然外出，不巧遇上主战派，被杀'便能说得通。可事实并非如此，凶手全无此意。"

师光拿起筷子，一口饭送进嘴里。

"嗯？等一下。"一边吃着蛤蜊肉一边思索的江藤突然自语道，"凶手为何要带走书信呢？如果是获取其中内容，当场偷看足矣。估计是确认过五丁森已经昏睡后读过一遍，接着便去向主战派报信——"

"江藤先生。"师光平静地打断了江藤的话，"你知道这封书信里写的是什么吗？"

"那不是寄给庆喜公的信吗？难道不是些成功避免冲突战事的报告？"

突然被反问，江藤的声音有些迷惑。

师光慢慢地摇摇头，一口气在江藤面前展开书信。初见流丽的英文，江藤也瞪大了眼。

"原来这不是寄给庆喜公的。"

江藤放下筷子，满脸严肃地拿起书信，迅速扫了一眼纸面。

"去大坂城的不是信差，而是春岳公本人。如果是与庆喜公面谈，又何必让五丁森写这样一封信？除非收信之人是——"

"帕克斯公使！"

江藤喉咙里响起一阵低吟。两颊塞满炸虾的师光重重一点头。

"春岳公此行不单为见庆喜公，还要牵制现在逗留大坂城、煽风点火撺掇德川军打仗的人。然而对方是英国公使，和庆喜公不一样，实际沟通时有语言障碍。另一方面，五丁森聪明，同时无须翻译即可与各国公使辩论。春岳公觉得与其让五丁森翻译自己的想法，还不如让他直接发挥比较好吧。"

凝视着书信的江藤，猛地抬起头。

"这么说，也就是——"

"没错。因为当场读不懂内容，凶手只能带走书信回去复命。"

江藤啪地一拍手：

"如果下手之人有英商翻译的能耐，不带走书信也能知晓其中内容喽？"

师光缓缓闭上眼，微微点头道：

"凶手在五丁森昏睡之后考虑再三，估算他天亮前应该醒不来，于是带走书信。可结果五丁森醒来时间不仅早于凶手预料，还不巧地撞上凶手返回。虽说是新阴流的达人，但在宿醉未醒的情况下，刀法也施展不开，最后被杀。"

"哎？等等，又不对了。"江藤当场否定，"带着书信刀剑相向？那鲜血横飞的，即使藏在怀里书信也会沾上血的。要知道，这上面一滴血也没有。"

江藤把书信递到师光鼻尖。

"哎呀，可是……"

"是这样啊，"江藤撇开困惑的师光，喃喃自语，"这样想就通了。下手之人归还书信时，五丁森已经死了，房间一片血海。也就是说拿走书信的和斩杀五丁森的不是同一人。"

"什么！"师光面色震惊地看向江藤。

江藤抱着胳膊，不住地点头：

"为什么我早没注意到呢。想想胁差，万事明了。"

江藤松开胳膊，伸手去拿茶碗。

"鹿野君你还记得吧，五丁森的胁差上有血脂痕迹？有血污说明他至少用胁差奋力抵抗，还伤到了袭击者。"

"可那三人中无一人受伤，不是吗？"

"所以啊——"

江藤眯起眼。

"那把胁差砍的正是五丁森了介——他自己啊。"

五

这一晚，硕大的满月照亮洛中。麸屋町通去往白山神社的鸟居下，师光在等人。红豆色的背心配上裙裤，腰间别着大小两把蛋壳漆武士刀，两臂交叠，双手戴着天竺编的手套，脖子上围着一条纺绸围巾。无风的冰冷空气中，师光闭着眼，如石佛一般岿然伫立。

夜一点点地深了。远处的六角堂敲响夜钟，凌晨零点，等待之人还未出现。师光回忆似的偶尔调整一下交叠的胳膊，闭上眼靠住鸟居——如此反复。

又过了多久呢？当圆月偏西，白晃晃的麸屋町通忽然自北传来一串跫音。像被啪嗒啪嗒的草鞋声引诱，深夜的街道穿过一阵冷风，吹得师光羽织下摆瑟瑟颤抖。

师光幽幽地睁开眼。一个手拿灯笼，身披编织斗笠的人影静立于前。

"不好意思，匆忙叫你出来。"师光对着那人影笑道，"有关五丁森，有件事务必和你确认。哎，边走边说吧。"

师光离开鸟居，缓缓迈开步伐。来者跟随其后。

两人各自无言，并肩走下麸屋町通。师光垂头顾地，男人直视前方，就这样缓缓前行。

过了六角通的路口，师光终于开腔：

"下刀之人是你，对吧，三柳。"

他的脑海中，又浮现出昨晚和江藤推理问答的情景。

"盗走书信的人是三柳北枝。"

面对江藤的断言，师光默默点头。

"书信上有雨水痕迹，说明书信盗出时天已下雨，即晚十点以后。多武峰自由行动的时间在此之前，所以他不是下手的人。"

江藤说到这儿停了停，哧溜哧溜地喝了口茶。

"剩下两人。三柳从酒馆回来是十一点以后；上社就寝的时间是晚八点，因火灾而被吵醒是凌晨两点。这段时间上社可以偷偷溜出藩邸前往五丁森那里，但他懂英文，没必要带走书简。二去一得一，凶手是三柳。"

咔嗒一声，江藤把茶碗放回桌上。

"据间谍三柳报告，萨长等主战派得知了书信的存在，遂命其窃取信中内容，但信件不日将离开五丁森。眼看期限逼近，好似在回应三柳的焦躁，那一晚京都下起大雨。他认为无人会在雨天造访五丁森，便从后门溜出藩邸，独自前往五丁森住处。用药放倒五丁森后，三柳翻看信件，却没想到信是用英文写的。"

江藤伸手指向书信。

"庆喜公怎会用英文写信呢？稍微想想便能意识到，这是写给帕克斯的信件。然而三柳当时无暇顾及，只想知道信的内容，总不能用一句'我不懂英文'回去复命。而临摹一门不熟悉的文字也绝非易事，所以三柳为了能让主战派准确知晓内容，或许有过挣扎，但最终还是趁着五丁森昏睡，别无选择地将书信往怀里一揣，走进雨中。"

"然后等他回来，发现五丁森已经切腹自杀了？为什么！"师光叫出声。

"只一通书信被盗，也罪不至死。"

"不是这样的。"江藤摆摆手，打断了师光，"你说得对，五丁森比三柳预想中清醒得早。惊醒的契机恐怕正是凌晨两点那道打在大垣藩邸的落雷吧。那一声震天撼地的巨响，服下再强效的安眠药都会被惊醒。"

店里的侍女怯生生地走来，收掉空空的饭碗。

"五丁森醒来后尚不能完全掌握周围状况，可能是注意到三柳不见了，不难想象他意识到了书信被偷……当然，此时第二次冲击又向他袭来。"

"第二次？"

"落雷点燃了仓库里的炮弹，掀掉了大垣藩邸仓库的屋顶。"江藤斩钉截铁道，"听见持续的轰鸣和冲击，五丁森蹒跚地走出门，这时映入他眼帘的是皇宫所在的北方燃起的冲天火柱，接着强烈的硝烟味冲进鼻腔。还没完全清醒的五丁森最后该如何解读眼前这一切呢？"

师光面色一变："难道说……"

"对呀，这不是三年前禁门之变的翻版吗？他错以为德川军开始进攻了。"

师光说不出话来。

江藤接着说："五丁森曾说过，为了国家，他是千方百计避免德川和萨长打起来的。可是最不愿意看到的事情'发生'了。对眼前光景的误判使他陷入绝望，自我了断也变得十分合理了。"

"要、要真是这样，那遗体上怎会有那么多道口子！"

似要扑倒对方一般，师光逼问江藤。

"对别人来说不需要毁坏尸体，因为自杀用不着伪装成他杀。但对三柳却有着重要的意义。"江藤正视着师光瞪圆的眼睛，"三柳回来时想必也很震惊吧。然后他必然会想到'重要书信丢失，五丁森切腹谢罪'。毕竟人不会无缘无故切腹，尸体发现者也会思索五丁森切腹的原因。为了避免由此缩小嫌疑圈，三柳绝不能放任尸体不管。"

大叹一口气之后，江藤总结道：

"先贤藏片叶于森林，藏滴水于湖海，若没有森林湖海就创造一个——这次也一样,藏一伤于众伤。若想掩盖尸体上的切腹伤口,那就再添几道。三柳在五丁森身上留下那么多道伤口的理由,就在于此。"

"那时我很紧张,没想到他会切腹。"

听完师光的推理,三柳像在说他人之事一般开口。

"放回书信,是为了消除嫌疑吗?"

"是。"三柳干脆承认,"看见血染客厅时,我首先想到将现场布置成'萨长寻获匿身处,刺客残杀五丁森'的假象。幸好人尽皆知萨长盯着五丁森的性命。书信被盗,反而会引起注意。我希望五丁森的死和书信永远不要有关系。之后我还收拾酒杯,砍坏前门,结果这些伪装还是没骗过旁人的眼睛。"

三柳站定当场,两手张开。

"那么,叫我出来想干什么?"

"告诉我理由。"师光的声音响彻周遭,"我认识的三柳北枝,绝不是背叛同志之辈。那又为何这么做?给我个信服的理由,说啊!"

三柳冷冷一笑。

"我要说图财呢?"

"那你会身死当场。"

师光拇指抵住剑格,将刀推出鲤口。

"就凭你？"

三柳嘴角向上一歪，手中灯笼顿时飞向一旁，腰间黑鞘闪出一道寒光，朝师光额头袭来。

师光跳撤半步，顺势拔刀。月光滑过刀锋，在三柳胸口划出一个笔直的"一"字。下一瞬间，鲜血迸发。

"不错，厉害。"

在溅红四周的血沫中，三柳颓然跪地。在他身边，灯笼的火舌闪烁，似在贪舐地面。

"你明知不是我的对手！"师光紧握刀柄怒吼道。

三柳刀尖点地，勉强支住身体。师光顾不得抖去刃上鲜血，粗暴地收起刀。

"为什么要这么做！"

"嘿嘿，"三柳俯身，小声笑了，"若非这样，你也不会动真格的。"

他一面痛苦地喘息，一面用声音嘶哑道：

"因为鹿野先生是个好人。"

师光的脸像挨了一拳。刀尖一滑，三柳倒在血泊中。师光赶紧跑去，抱起他的上半身。

"叛友之罪，你必承受。"

口中溢出的鲜血染红了三柳雪白的喉头。师光猛然拔出腰间的胁差，抵在三柳的脖颈想快点结束他的痛苦，为他介错。

一刹那，师光心中忽然闪过一个念头。

三柳以为五丁森因书信被盗自杀谢罪，为了不让别人察觉，他毁尸掩盖切腹伤口——江藤的推理让师光至今难以释怀。就算书信放回客厅，也未必保证尸体发现者会将它与五丁森自尽联系起来，三柳不可能没注意到这一层。

或许还有什么别的理由？师光心中隐约闪现的疑虑在白刃抵住脖颈的瞬间，叮的一声解开了。

师光悟了。五丁森尸体上留下的伤口，不正是不善使刀的三柳勉强留下的介错痕迹吗？

三柳回到麸屋町的民房时，五丁森已剖开腹部，但仍一息尚存。眼前濒死的同志痛不欲生，三柳猛地抽出刀，想让对方得以解脱。可断头之举绝非易事，又很难刺穿在因剧痛满地打滚之人的胸膛。本就不习惯使刀的三柳，强行挥下好几刀，结果又在五丁森身上留下数道伤口。

"我很害怕。"三柳喘着粗气，耳语般说道："五丁森先生一动不动的那一刻，我突然好害怕。我只想着绝不能让人知道我犯的罪。等我醒过神，才发现自己已经在入神地砍着房门。"

"你奉谁的命令，又是谁唆使你的？"握着胁差的手在颤抖，师光硬生生挤出一句。

三柳无力地摇摇头，他的身体在师光怀里一点点冷却，一点点沉重。

"为了新发田这样的小藩还能苟活，我也……没办法呀。"

"鹿野先生……"三柳那张徐徐苍白的脸面向师光，小声叫着他的名字。

"跟大家说，说我——对不住了——"

"可找到你了。"

晨光熹微的麸屋町路，一个声音呼唤着低头前行的师光。师光慢慢抬起头，眼前是一个熟悉的身影。

"江藤先生……"

江藤新平悠悠走近师光。

"结束了啊。"

瞟了一眼师光染血的羽织，江藤说道。

"唉，都结束了。"

师光只回了一句，缓缓抬头望天。淡紫色的天空中，隐约浮现出一轮白月。

"脸色很差嘛，难道说你后悔了？"

江藤出其不意地开口，听来总有种刺耳之感。

"三柳背叛同志，而且为求自保毁尸灭迹对不对？斩杀这样一个人，你为何会后悔呢？"

"我不知道，只是——"师光无力地摇摇头，"我失去了珍贵的朋友，这是不变的事实。"

江藤无奈地哼了一声：

"你呀你，太天真。犯了罪，就必须受到惩罚。鹿野君你什么都没做错，又有什么好烦恼的呢？"

师光心里一惊。这男人难道在关心自己吗？

"多谢。"师光小声道。

渐渐发亮的天空下，两人踏着冰冷的土地，走在无人的街道。

"啊，说起来……"走过佛光寺的十字路口，江藤好似想起什么似的开口，"我觉得有必要告诉你。鹿野君，听说江户的萨摩藩邸被烧毁了。"

脚步停了，师光看着江藤的脸。

"你也知道吧？萨摩无论如何都想挑起战争，所以在江户烧杀抢掠刺激德川。"

萨摩藩召集全国浪人于三田藩邸，指示他们对幕府商人和货物纵火施暴。师光也听过类似风传。

"有些沉不住气的旧幕臣中了他们的挑衅，直接炮击萨摩藩邸，好像还弄死了人。大势难挡，要打仗了，打大仗。"

"那五丁森的苦心……"

师光闭上眼，长长地叹了一口气。

"鹿野君。"

身边，江藤再次唤起师光的名字。声音很清晰，还能感觉到其中坚强的意志。

"我准备去江户。"

师光不禁望向江藤。

江藤看向前方,话语掷地有声:"战火肇始于京阪,但绝不会在此熄灭。它势必会烧去江户,将那里烧出寸草不生的焦土。在那之前我想去江户城一观保存在那里的书籍文献,再以'解决五丁森案'为伴手礼,去太政官[①]讨点光彩。可战事一旦拉开,这一切皆无指望,所以我得赶快。比起别的,你现在应该考虑战后之事。还有——"

些许沉吟过后,江藤直截了当地说:

"要不你也跟我一起?"

江藤这时终于转向师光的方向。是朝阳的缘故吧,他苍白的脸越发明亮。

"不管结果如何,德川舍不得自己建立的两百年承平日子。他们的伎俩和手段在新政开始后也绝不会荒废。调查那些疑案,非我等聪慧之人不可。战争,就交予萨长那帮呆头武士吧。"

两人沉默,相互对视,之后师光移开视线。

"感谢你的邀请,不过——"师光自己也觉得奇怪,他笑道,"我留在京都。我还想留下来,这里还有我要做的事。"

江藤扭过脸,若无其事地说了一句"是吗"。

"那去做你该做的事吧,我也要做我该做的事了。"

[①]太政官:日本律令制度下执掌国家司法、行政、立法大权的最高国家机构。

留下师光,江藤再次缓缓前行。

"我们还会再见吗?"朝着远去的背影,师光突然问出一声。

江藤头也不回,依旧用他直愣愣的语气答曰:

"如果你愿意,也可以。"

弾正台切腹事件―――

京都下贺茂村，弹正台京都支台惊现事件。大巡查涩川广元破腹割喉。涩川之死疑点颇多，且密封于书库之中。设若他杀，下手者行凶后又当如何遁逃密室？种种奇情怪象使真相甚难明了。

——《太政官少史 鹿野师光报告书》

一

"你要我当奸细？"

宽阔的西洋桌对面，涩川广元一脸苦相。

江藤新平双肘支桌，十指交织在面前。

"内部瓦解最快。在我的计划中，你们弹正台总碍事，我也没得办法。"

"什么鬼话！"

涩川猛然站起，下巴上的赘肉颤抖着。这时，房间角落里候着的羽织裙裤装的男人——警固方大队长本城伊右卫门走近涩川身旁，按住他的肩："冷静！"

涩川盯着本城，打掉他的手，又面向江藤。

"我不管你是太政官官员还是什么，倘若觉得在京都地界还能撒泼那就大错特错了。说到底——"

"你从筒仓那儿敲了多少？"

涩川没声儿了。

"大丸屋、高岛屋、龟屋和郡内屋，哪家商号你没派去地痞无赖？哪家没受过你的敲诈？证言在此，可不能抵赖哟。"

江藤从怀中取出一笺白纸，轻飘飘地摇了摇。面色苍白的涩川立刻瞪大眼睛，一反他肥短身形，出招迅猛欲夺去江藤手中的证词。

可本城更快。只见他脚蹬榻榻米闪至一旁，顺势使出一记扫堂腿。涩川登时身子一歪，左手尚来不及支撑便颜面扫地，随一声巨响摔了个狗啃泥。

"涩川大人，请自重。"

拍打着弄脏的手掌和脸颊，涩川啧啧起身。

"想趁大事未起之前先干掉弹正台？手段太嫩了。"

涩川打发本城归位，厚颜无耻地坐回椅子上。

"说吧，想让我干什么？"

"大人爽快。"江藤轻轻一笑，"帮我找来横井小楠[1]和大村益次郎[2]暗杀事件的相关资料，你差不多也知道是什么事了吧。"

涩川哼了一声："我可不想跟那件案子扯上关系。"

"但你无法拒绝。"

"别得意得太早，"涩川冷笑道，"要不算了，想告我，随你便。"

---

[1]横井小楠（1809-1869）：日本幕末及明治初年武士、学者、改革家，熊本藩藩士。明治维新后得新政府任用，但遭保守派武士暗杀。暗杀者称其改革政策帮助基督教渗入日本。
[2]大村益次郎（1824-1869）：幕末长州藩医师、西洋学者、兵学者，被尊称为维新十杰之一，事实上指导近代日本的军制建设。一八六九年在京都三条木屋町的旅馆遇刺。

"慢着。"面对正在起身的涩川，江藤喊道，"当然，帮我曝光此事，自不会亏待于你。若肯助我，太政官里便匀你一个位置如何？"

涩川直勾勾地盯住江藤，江藤也回他一副认真的表情。

"真的？"

"当然了，我是谁。"

涩川沉默了，想是心内算盘正打得噼啪响吧。

"怎么样？对你来说绝对不算坏事吧。"

少顷，涩川换上一副卑贱的笑容，再度落座。

"我也不想的，唉，罢了……不过太政官的事你可别忘了。"

"当然。"江藤打了个响指，站在角落里的本城收到信号，呈上原本夹于腋下的文件盒。

"以防万一，立字为据。你帮我拿出弹正台的内部资料，我替你向上美言。我已签过名，请你也签字。"

本城从文件盒里取出笔墨砚台和一张誓约书，排放在涩川手边。

"准备得还真周到。"

涩川右手提笔，无奈说道。

"多谢夸奖。"

江藤的声音也缓和了几分。

"不出先生预料,一抛出太政官的官位他立马换了副面孔。"

目送着涩川的背影,本城低声开口。

"彼等偷奸耍滑之辈,垂香饵于鼻前,大半是会咬的。"

江藤支着脸颊,百无聊赖地答道。

明治三年(一八七〇年),京都,面对下长者町路的京都府厅里的一室。

平日在东京丸之内厅舍立案调查大显身手的江藤,而今孤身来京自有缘由。不为别的,正为他的夙愿——成立司法部。

明治三年,日本正逐渐形成一个中央集权制的国家。依照新的太政官制度,行政和立法也在确立进程之中,可唯独司法迟迟不能落定。

当时,大半的司法权分散在各个机关。地方的司法权握在各方知府知事手中,负责中央司法的只有刑部省和弹正台。虽说两个机关同有司法权,但刑部省主管警察和法官,和主管行政监察的弹正台在管辖上存在微妙差异,个中繁杂更是无以复加。

将分散的司法权从行政中剥离、回收、统一是走上法治国家的第一步,江藤对此坚信不疑。对他而言,改革旧制乃当务之急。

然而现实积重难返,就连合并刑部省和弹正台亦步履维艰。尤其在政府内部,弹正台本是那帮讨嫌的守旧势力盘踞之地,他们反抗合并尚来不及,怎会为了解散老巢添一份力?因此,江藤设法从内部瓦解,只身来京实施计划的第一步,借此搜查弹正台京都支台。

去年一月在寺町通,政府参谋横井小楠遇刺。同年九月在京都三条木屋町,兵部大辅大村益次郎遭暗杀。

表面上,两起针对改革推进者的暗杀是反感政府的攘夷派浪人所为。但在东京四起的谣言里,暗杀实系仇视新政的弹正台暗地指使之果。

抵京后,保守势力之强让江藤吃了一惊。浪人无赖横行市井,动辄以刀剑论事,反抗政府的开国和亲政策。本该取缔浪人的弹正台竟在背后唆使,又助长了无赖们的嚣张气焰。

于是江藤希望利用现状,揪出浪人与弹正台勾结之证,证明去年两起暗杀事出不义,并向东京政府报告,通过行政处罚解散弹正台。

这无疑是一场危险的豪赌。若正面对抗弹正台,几条命也不够扛,可江藤又不喜暗地使阴招。幸得与弹正台水火不容的警固方之助,江藤找到一个便于笼络的贪污官员,此人正是涩川。

本城走近桌边,目光落在墨迹点点的誓约书上。

"这个投机分子,真的顶用吗?"

"问题就在这儿呢。"

双手背在脑后，江藤往椅背上一靠。

"虽然带出记录问题不大，但要他作为暗桩打探弹正台内部还是有些困难吧，他胆子不够大。"

"打探内部……您盯上的是？"

"大曾根一卫。"

江藤脱口而出。

"那厮的恶名都传到东京了吗……"本城厌恶地紧锁眉头，"看来大村被杀，长州那伙人拼命调查过了。无论横井还是大村，下令暗杀他们的很可能就是大曾根吧。那个骨子里就顽固的攘夷主义者……可是没有铁证。要颠覆弹正台绕不过那人，不过他至今没让人抓住把柄，也没人能赶他下台。"

"此人危险啊。"

本城叹了一句："没人知道他在想什么，他像蛇一般阴险。涩川到底不是他的对手。"

"京都市中心是大曾根的地盘，探子很多。那厮注意到我等行动只是时间问题……不，可能已经晚了。"

江藤起身走向檐廊。澄清日光洒落的庭园，树叶染上赤黄，在初秋的风中飘摇，落向布满苔痕的石阶。

"你去办理逮捕涩川的手续吧。"

听着耳畔鼓噪的风，江藤若无其事地开口。

"可以吗？"

"当然。"

在本城意外的声音里，江藤缓缓回头。

"无论结果如何，一用完涩川就打他入牢。"

"遵命。"

本城行礼，快步退下。

江藤的目光重回庭院，一道红影划过视野。他像被牵住视线似的转过脸，只见一片红叶在虚空中悠悠地打着旋儿。

"三年了吗……"

一声自语从江藤口中流出。同时，戊辰战争前在京都邂逅的面庞浮现于脑海。

"他还活着吗，还是……"

似在风里舞得累了，叶子歇落在木地板上。江藤紧紧盯着那片艳如一抹鲜血的叶子。

取得太政官的编制后，江藤曾四下寻过一人，希望他成为自己的首席部下。江藤派人去过他故乡名古屋的藩厅，也派人前往他口中想留下来的京都，但都杳无音讯。

风吹过庭院，也拂过江藤的头发。像要抖落什么似的，江藤用力摇着头，返回室内。

"倘若涩川被做掉又当如何？"

江藤扶额再向书桌，思索起下一步对策。

蹊跷的是江藤竟一念成谶。两日后，涩川广元曝尸于贺茂川畔弹正台京都支台一室。

二

"尸体发现在书库。"

京都府厅分给江藤的临时办公室里,本城一瞄手边概要,接着报告。

"切腹,割喉,没有留言。"

江藤交绞双臂,沉默地聆听报告。

"发现者为数名弹正台职员,包括大曾根。他们注意到房内异臭,破门后见涩川已断气多时。"

江藤讶异地抬起头。

"'破门'?房门带锁?"

"不是,那是扇拉门。门内有根木棍抵住了拉门。"

"窗户呢?"

"房间内墙有扇采光的高窗,但窗口镶了竹方格,人无法出入。"

江藤"嗯"了一声,接过本城递来的纸片。

"出入口皆由内部封死,涩川应是剖腹自尽的吧。"

"他像会自尽的人吗？"

江藤厌恶地咂咂嘴。

"他是被大曾根害死的。"

涩川横死的消息从弹正台传回府厅是昨日傍晚。得知消息后，江藤立刻派本城前去弹正台，确认现场，回收尸体。然而——

"弹正台的私事，不归你们警固方管。"

等本城率领部下匆匆赶到，迎接他们的是紧锁的大门和职员冷冰冰的一句话。本城猝不及防吃了个闭门羹，可这里确实归地方府保安队和太政官直属，抗议也无人理会，最后他好不容易拿到事件概要，悻悻返回府厅。

"说到底也是奇怪，涩川真系切腹而死吗？"

江藤翻开手边的事件概要。

"这里边全是弹正台的证词。本城，你未见尸体也没确认现场，则不可否认有全体作伪的可能。"

"开始我也如是观，但事有转机。尸体发现者中有位当日造访大曾根的客人。我叫出那男人一盘问，有关尸体发现的陈述与他人相同。"

江藤眯起眼。

"可疑。若是大曾根之友，完全有可能和他串供，况且案发当日来访未免太巧。"

"那男人正在府厅侧房等候，江藤先生要亲自寻问吗？"

江藤盯着事件概要，点了点头。

"遵命，这就将他带来。"

"对了，他是什么人？"

"一贫如洗的浪人，原先好像是尾张藩士，叫鹿野什么的。"

江藤翻动报告的手指停住了。

"好久不见。"

西洋桌一侧，鹿野师光尴尬地开口。另一侧，江藤环抱胳膊，无声地盯着他。

"真吓了我一跳。只听说太政官的人正调查此案，万未想到竟是江藤先生。"

上罩豆红色羽织，下着裙裤，腰别两把蛋壳漆武士刀，依旧梳着总发，但相比三年前，他多出几分憔悴，许是双眼下乌晕的缘故吧。

"见您安泰比啥都好，这次来京所为何事？"

"我还要问你呢！"

江藤指尖叩得桌子嗒嗒响。

"可让我好找哇你，去哪儿逍遥了？！"

师光睁大双眼。江藤双肘支桌，交十指于面前。

"进入太政官后我吃了一惊，身边净是些只会摆架子的傻瓜，终究不可共事。所以——"

江藤盯着师光。

"所以我派人去找你。先是名古屋，后来是京都，但你都不在。鹿野君，太政官职一年前我已为你备好，萨摩长州也打过招呼了。"

"我、我出去游历了一番。不过，那职位，怎么说呢……"

江藤狐疑地看着表情阴郁、目光躲闪的师光。

"干什么？不会现在要来拒绝我吧。"

"江藤，感谢你的邀请……"师光似下定决心，抬头道，"但职位一事还请免谈。"

这回轮到江藤哑然了。

"你当真？"

师光默默垂下视线。江藤双唇抿成一条直线，鼻孔贲张。

"难道介意你我尊卑有别？"

三年前，时任太政官公用人的师光初遇江藤，江藤不过一介上京浪人，而今两人的位置完全对调了。

"没那回事儿。"

见师光摇头，江藤越发摸不着头脑。

"家室牵绊？"

"我无妻无子。双亲在我九岁时就去世了。"

"那么——"

"你搞错了江藤。我功成身退了。"

面对不由自主起身的江藤，师光语气焦急，似要赶着把他压回去。

"在之前战争结束的那一刻，我的工作就已完成。现在也不想重回台前，接下来是你们的舞台了。"

"那不由你决定！"

虽然江藤一声怒喝，师光却只是沉默地摇着头。

"那个……二位是否有点偏题？"

幽幽传来一声提醒，是守在房间一角的本城。

"冒昧插一句，江藤先生，眼下不是应该优先调查涩川事件吗？"

"不用你提醒，我心里有数！"

江藤狠狠瞪了一眼本城，粗暴地坐回椅子。

再度开口的是师光：

"换个话题吧。说来您为何移驾京都，又为何一头扎进弹正台的案子？"

"想知道？"江藤瞪向师光。

"不方便也无须勉强。"

江藤缓缓开口："鹿野君，我想在东京建立司法省。"

江藤毫不掩饰，开诚布公自己的构想。师光微微垂首，静静聆听。

"为此我立涩川为暗桩，以期从内部瓦解弹正台，可现状如你所见。"

师光轻声一笑。

"怎么说呢,计划确实有你江藤的风格。事件前后我清楚,我可以帮忙,真的。"

师光表情有些暗沉。

"据我所知,大曾根先生很是可疑。"

江藤目光又一凛:"你和他是什么关系?"

"从前,我曾蒙他厚待。"

师光重重地叹了口气,平静地说起昨日之事。

三

阳光射不进的狭窄斗室，鹿野师光正在等人。

身子跪坐在榻榻米上，目光却望向户外。敞开的纸门后是一片武家屋敷风格的宽敞庭院。它本应很漂亮，许是久未打理，如今一片荒芜。巨松开枝散叶，却已褐变朽腐。疯长的淡竹也显露枯黄，摇动着它沉重的枝头。师光想起引路的职员说过，这里原是京都所司代的偏邸。

"逝川流水不绝①吗？"

师光的视线追着飘舞的枯竹叶，自言自语道。

两年前的庆应四年（一八六八年）二月，萨长在鸟羽伏见大破旧幕府军。自戊辰之战起为德川家奔走请愿的师光此时也离开京都，怀揣原尾张藩主德川庆胜的书信，抢在萨长举兵进军江户之前沿东海道一路东访。其目的只有一个：以

---

① 逝川流水不绝："ゆく川の流れは絶えずして"。日本古典名著《方丈记》开篇第一句，寓意世事多变，人世无常。

尾张藩特使身份游说骏河国等东海道诸藩归顺新政府。

战事若在东海道胶着，争斗便永无宁日。师光坚信能阻止这一事态的只有对东海诸藩极具影响力的尾张。

三月，东征军终于进入江户。三月十四日，在东征军参谋西乡吉之助和幕府陆军总裁胜安房守会谈之后，江户总攻于触发之时叫停。当地总算免于战火，但没人知道这背后还有位功臣守护了萨长东征路上的平安，从结果上唤醒了萨长的宽容心。而作为德川御三家之首，拥有强大军力的尾张藩却被维新政府疏远。同时，由于担任萨长的助手，尾张藩在德川方面也受人冷眼。待战争结束，立于破旧迎新之际，师光在政府内竟无处容身。

看了眼免遭战火的初春江户，师光开启一段漫无目的的流浪。北到会津，南至福冈，这次的京都亦是旅途中的一站。

原本来黑谷给旧友扫墓的师光在返程路上听闻一句传言：旧日交好的大曾根一卫正于弹正台京都支台当职。

扫墓归来得闲，遂欲问候旧识，于是师光漫步在久违的京都街市，向弹正台所在地——洛北下贺茂村走去。他已做好贸然拜访被人轰走的准备，没曾想向门房说明来意后，竟顺利进入弹正台坐等于此。

就在师光忍住不知第几个呵欠时，冷不防传来了拉门声。转过脸去，那里站着一位身着黑色长羽织的壮年男子。

"您还好吗？"

师光双手点地,身子转向那人。

"好久不见哪,师光。"大曾根微笑道,"听门房提你名字时我心里还咯噔一下,本以为你死在什么地方了呢。今天一看,很是精神嘛。"

大曾根无声滑过榻榻米,在师光面前跪坐下来。

"大曾根先生也还好吧,这年头没啥变故是最好不过的了。"

看着绽开笑颜的师光,大曾根也点点头。

土佐脱藩浪人大曾根一卫是当时的大纳言①岩仓具视的左膀右臂,曾为维新变法干过很多勾当。

曾在政治斗争中落败,藏身于洛北农村的岩仓会指使手下代替行动不便的自己执行权谋。那帮手下或充当岩仓的传声筒,四处游说各雄藩的家老和贵族,或扮演岩仓的黑手,暗地抹杀那些碍事之辈……由于他们常在今出川上游的室町柳之图子町密会,人称"柳之图子党"。大曾根正是该党头目。

任尾张藩公用人时,师光曾拜访过大曾根的寓居,二人由此结识。大曾根主张武力倒幕,虽与师光推崇的公武合体截然相反,但他很喜爱这个小自己五岁的矮个子,视师光如胞弟,关爱有加。对立足于腥风血雨中的大曾根而言,师光

---

①大纳言:日本太政官制度下设立的一个官职,职掌"参议庶事、敷奏、宣旨、侍从、掌管献替"等工作。

那与自己迥异的性格里可能有种弥足珍贵的东西吧。

算年岁，大曾根四十又一，但因长年操劳已霜华满头，几道深壑刻进古铜色的肌肤。但他仍目光锐利，整齐扎紧的发髻和强健身姿让人想起长井别当或十郎权头兼房等老将。他修习神道无念流，不知有多少幕吏要人在他的爱刀"信国"面前血花飞溅。又因他坐镇八濑山中一处破庙，"八濑伽蓝有一卫"的传说至今尚使京都孩童记忆犹新，心有戚戚。

岩仓具视重返政界后，大曾根曾作为其家臣长期服侍左右。然而维新之后，因强烈反对主公带头推行新政府的开国和亲政策，他遭到岩仓疏远，被赶去京都。上任弹正台京都支台次官以后，他不仅关注畿内，还热心于西国府县的行政。即便没有"蛇"之恶名，如今的大曾根仍是个令人畏惧的人物。

"师光啊，现在哪里高就？"

师光对叼着烟管的大曾根耸耸肩。

"流浪汉，天涯漂泊。这次来京都也只为了给三柳北枝扫墓。"

"三柳啊……"大曾根似要遥想往事，师光赶紧更换话题。

"对了，您上任弹正台的次官，真厉害。功成名就。"

"屁！龟缩在京都一角能做什么？"

大曾根目光一抬，仰望屋顶。屋顶上散布着几块印渍，天花板的四角还结着好几层白色蛛网。

"这就是直谏主公的后果。我也想闯出点名堂让他刮目相看，无奈荷包空空。看吧，屋顶漏了都没钱修。"

"自己认定的路，走下去都会好的。"

大曾根右手举着烟管，几分自嘲地笑道："瞧瞧这世道。昨天还高叫着讨伐蛮夷的家伙，今天又对洋大人低头哈腰。哼，一群不知耻、不惜名、不要脸的东西。像三柳那样死在半道上的，没准还幸福一点呢。"

师光没有回答，脸上浮出若有似无的暧昧微笑。

"那么今后你有何打算？若想为官我可以提点一二。"

"不，我没那方面的想法。"

师光缓缓摇头。

"我要回名古屋去，准备教当地小孩英语、剑术什么的。"

大曾根喷了口紫烟，挑起半边眉毛。

"归隐？这可不像你的秉性。"

"毕竟经历过一些事。啊，抱歉耽误您时间了，我这就告辞。还请大曾根先生多多保重。"

师光正说着临别之言，突然门后唐突传出一句话：

"打扰二位清谈了。"

大曾根循声狠狠盯去，简短地问道："何事？"

"次官，有要事禀报。"

门哗啦啦地移开。走廊里跪着一位黑衣男子。

"说。"

"这……"

"我说过,让你但说无妨。"

冷冰冰的声音稍稍平复了男子的慌张。

"是这样的,书库那边有些蹊跷。房门怎么也打不开,从门缝里还飘出古怪的气味。"

师光观察着大曾根的脸,只见他皱着眉头,将烟灰磕进灰缸。

"看看去。师光,你也来。"

大曾根缓缓起身,卷起裙裤下摆迈进走廊。师光手握太刀,连忙跟在他身后。

在职员带领下,大曾根和师光走进府邸深处。走廊尽头聚集着几人,见大曾根来到,他们一齐噤声,在过道两旁排开。

"介绍情况。"

听闻大曾根生硬的话语,带路的职员快步上前。

"我原准备进书库查阅资料,但不知为何房门打不开。正当我要破门而入时,忽从门缝中闻到奇怪异味,于是慌忙禀报。"

大曾根瞥了一眼部下,伸手抓住房门拉柄。可空有晃动声音，拉门却纹丝不动。

"这门带锁吗？"

"不带，只是一扇推拉门而已……恐怕门后有棍子抵住了吧。"

师光走近门边，亲自一试，果真打不开。这是扇向右推拉的单层拉门，用力拉动，门上方的沟槽会露出一点缝隙，但也仅能制造些响动，拉门依旧打不开。随着每次喀拉喀拉的晃动，一种铁锈般的臭味从里面飘出来，直冲师光的鼻子。

"破门！"

这时，身后的大曾根威严地命令部下。师光也从门边退了下来。

职员面面相觑，而后他们当中最壮的汉子走出来，立于门前，深吸一口气，以迅猛之势用肩膀撞向拉门。只听吱喳一声，门板稍稍陷了下去。

撞到第三次时，门终于破了。汉子余势未了，一个趔趄踩进房中。师光也欲从他身旁冲进房内，可——

"慢着，师光。"

大曾根大喝一声，师光几乎同时定在当场。虽然他想进入房中，然而门板倒下之处根本无法落足。破裂的门板没有倒在地板上，而是压在放置在入口附近的一样东西上。

"啊！"

师光口中迸出一声惊呼。门板下竟如婴儿般蜷缩着一个身着羽织裰衫的男人，右半身向下倒卧在地。

师光咽了口唾沫，快步走到男人身旁单膝跪下。那人面若白纸，一望皆知万事休矣。

"出大事了。"

师光回头面向大曾根，见大曾根已对他身后的职员怒喝："召集人手！"一名部下慌张地奔出走廊，其他职员也偷瞄着师光背后的尸体。意识到自己堵住门口，师光跨过尸体进入书房。

涉足木板地的瞬间，隔着袜子脚下一凉。师光低头，见袜底染得一片殷红。定睛细看，从男人倒地处直至屋中央的地面全被新鲜的、微微泛干的血液污染了。

师光收回视线，不顾弄脏裙裤，再度跪于尸体旁。

最先跃入眼帘的是脖子上的伤口。刀伤从脖颈直到喉头，一气呵成。许是从伤口溢出，许是从喉头吐血，大量深红色的血液不仅将脖子和脸，甚至将尸体全身浸污。

师光用手指按了按伤口周围，颈部肌肉如石头般坚硬。反观手指肚，血已干结。

师光抽了抽鼻子，尸身上散发的冲天酒气，混在铁锈一样的血腥味中。四下环顾，房间角落还残留着一只大酒壶、一盏酒杯。

"像是先用酒精消解恐惧后再抹脖子的啊。"走廊里的大曾根俯视着尸体，突然开口道。

"您认识他？"

"大巡查涩川广元，在我这儿工作。"

大曾根弯下腰，轻轻拈起羽织。尸体夹衣大剌剌地敞开，露出苍白的肌肤。肥圆的将军肚被一刀划开，流出红黑相间的内脏。

"腹部上的一刀尚无法速死，于是痛苦之中他又在脖子上划了一道。用这个干的吧。"

师光看向落在近旁、满是血迹的小太刀。小太刀已出鞘，黑色刀鞘被随意地丢在一边。

"涩川何时来上班的？"

"他今天旷工了，没联系任何人。"

面对大曾根的提问，一名部下挺直腰杆答道。

"从血液干涸的情况来看，切腹不是现在，大概是在昨晚。"

大曾根重重地"啧"了一声，站起身。

"先把尸体搬出去，待会儿再向府里报告。"

师光也站起身。为了不打扰职员，他退到房间一角。

扫视屋内，十叠大的木板地面，左右两边摆放着高高的书架。房间内壁上开了一扇采光用的高窗，阳光从那里射进来，照得灰尘闪闪发亮。比师光个头还高的书架上堆着装订好的文件和几个资料箱。靠近书架的地面上积了薄薄一层灰。

内墙偏右处摆着一张小书桌，其上放置青铜烛台。在大号蜡盘里，泛黄的烛泪积成一堆歪斜的小丘。

接着仰望屋顶。单块木质天花板的四角结着蛛网。就在师光盯着屋顶之时，职员已将尸体放在破裂的门板上抬了出去。

"这就是门打不开的原因吗？"

入口附近，大曾根拾起了一样东西。仔细一看，原来是一根三尺长的粗棍。

"用这个抵住拉门的吗？"

"是啊。"

师光的表情一言难尽，绞着双臂。

"有什么值得注意的事情吗？"大曾根问道。

"那男人切腹为何还要从内侧抵死房门呢？"

"约莫是不想有人打搅吧。说到抹脖子，在没有介错人帮助下独立完成可费时间了。"

大曾根一扔，棍子干涩地发出哐啷一声。

"让你瞧见晦气了，我去备茶给你压惊。"

师光跟着大曾根走出书库。

"这位涩川遇到了什么事，非得切腹不可？"

"指使城里的无赖敲诈商家钱财。因为屡次再犯，所以我点破了他，可能是我话说得重了些吧。"

大曾根一边走，一边语气寡淡地说着。

回到会客室，大曾根丢下一句"何时再来都无妨"后便转身离开。因为途中碰到一个职员告知他有政府高官来访，可能是去面会对方了吧。

师光在廊沿坐下，望着庭院迷迷糊糊地回想书库的样子。

不多久，门后传来声音。回头看去，一位老仆端着茶壶茶杯走了进来。

"您在这儿工作很久了吧？"

听到师光冷不防的一问，老人吃了一惊。

"啊、是啊，算是吧。"

"有件小事想问问，这边大伙儿会工作到很晚吗？"

老仆将茶杯递到师光面前，怔怔道：

"不会，六角那边敲钟时，大家就可以回家了。"

六角通上的顶法寺钟楼每天在五点半敲钟。

"那么晚上有人值守吗？"

老人连连摇头，回答"没有"。

"晚上不留人，这里又不关押囚犯。"

"我知道江藤先生觉得哪里奇怪。既然弹正台邸夜晚无人，那么为了防止打扰而用木棍抵门这一点确实蹊跷。"

师光总结道。

"有一点我需要确认。你说伤口在他左颈，没错吧？"

师光抬起视线思忖片刻。

"尸体右半身朝下，伤口又一眼可见，应该是在左颈没错。"

江藤啪地一拍手，拿起资料猛地站起来。

"定了。本城，你即刻组织队伍，我们这就进弹正台搜查。有我在，他们不敢不开门。"

在房间一角待命的本城沉默地起身，快步走出房间。

"等等。"师光慌忙站起来，"还请明示，什么情况？"

"很简单。"江藤伸出手指指着自己的脖子说，"左颈有伤说明涩川是右手持刀，左掌按住刀背一抹。不消说，是右撇子的习惯动作。"

"这没有错。哎，这么说涩川是左撇子？"

江藤一点头。

"我要涩川签名时，他是右手提笔。但他倒地时，是用左手支地。你也知道，武士是不允许有左撇子的。涩川也不能免俗，可能他从幼年时矫正过了吧，但在突发场合还是暴露了自己的惯用手。但因平时他都用右手，杀人者也以为他惯用右手呢。完全可以理解这次伪装是如何弄巧成拙的了。然后……"江藤快速接着说，"这回的临死瞬间也一样。之前他已拉了一刀，只有痛不欲生，却没死得痛快。意识在渐渐模糊，这时涩川若要割喉也该用他的惯用手——左手来拿小太刀。你不觉得吗？"

四

数刻后，江藤和师光走在弹正台京都支台的走廊上。

"你还是那么强硬啊。"

"这叫精于交涉。"

看着满脸无奈的师光，江藤放肆一笑。

面对突然杀到的警固方，弹正台依旧摆出当初的拒绝姿态。可与上回不同，这次江藤也来了。

本来京都发生案件，即使江藤是官阶从四位的太政官中弁也无权插嘴。但他凭借一口辩才让人无暇顾及这一点。加上大曾根临时不在，最后对方妥协：弹正台京都支台的大门仅向江藤与师光开放，供他俩进入查案。

走廊尽头的书库已然可见。

"那儿就是现场吧。"

书库的门仍没有装。江藤一瞥残留的门框，跨过门槛走进室内。

室内至今仍可嗅到一丝微弱的、铁锈般的血腥味。借着

图一

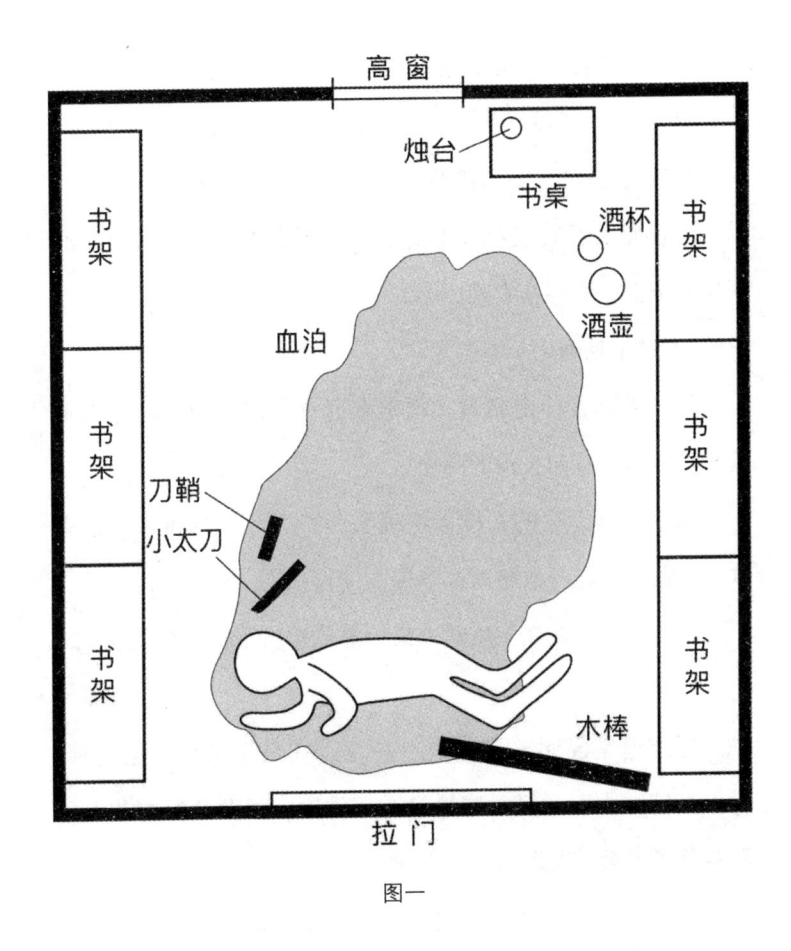

高窗射下的阳光俯视房间,地板上还真实地留着黑黢黢的痕迹。

"比想象中狭小啊。"

看过一圈,江藤喃喃道。让他感到压力的可能是房间左右,六个形状相同的高层书架。

师光面朝右边书架单膝跪下。

"地面上的灰没有动过,说明架子背后没有暗门。"

"好像也没有从屋顶逃跑。"

江藤仰头看着天花板上的蛛网。想在不弄破蛛网的情况下从天花板遁逃实在太难。

"不过姑且确认一遍?"

师光半蹲着伸出胳膊,哐哐敲起书架的背板。江藤则走近房间内墙,看向头顶的高窗。

跟报告书上写的一样,这确实是一方小小的窗口,还有竹格子遮挡,连一只胳膊都难保能伸得出去。

江藤又拉来放在屋角的书桌,抓住裙裤下摆,登上桌。

"当心哟。"

师光惊慌声起。江藤毫不在意,在桌上站稳,踮起脚,凑近高窗。由于通风,这里没有结蛛网,但黄色的竹节上已经覆盖了满满一层煤黑色的尘埃。

他抬手抓住竹格子。格子虽然很细,但意外的牢固,无论推或者拉都纹丝不动。被分隔出的细格子还很狭窄,每格只够指尖探出。

"有什么收获吗?"

江藤一边爬下书桌,一边摇头:

"那里究竟不可能出入,虽然可以穿过绳子或丝线。"

将两只完全弄脏的乌龟爪子在裤管上擦了擦,江藤又走向入口附近。

"这就是那根抵门棍子?"

江藤抓起遗落在书架边的粗木棍,转头问。正在检查地板的师光抬起他被弄脏的黑脸点点头。江藤抓着棍子比了比拉门和右墙之间的距离,长度几乎相等。

江藤将木棍放回地面,又开始调查起进入房间时跨过的门框。

门框结构粗犷,无论鸭居、敷居①还是左右边框都用粗黑木材打造。然而经年累月,木材老化,抓着门框摇动,能听见嘎吱的晃动声,所以鸭居和敷居内外都钉着几根用来修补的钉子。

"不行。"

江藤背后响起声音。一回头,师光鼻头黢黑地直起腰。

"我检查过地板,但每处的叩击声都一样。我确定下面没有暗门或地洞。"

江藤绞着胳膊,喉咙里发出一声"唔"。

---

① 敷居、鸭居:日式房间出入口设置的带拉门槽的门框。下方门框称为敷居,上方门框称为鸭居。

五

"那么，鹿野君，书库门真的拉不开吗？"

江藤的问题让师光皱起眉头。

"撒谎对我有啥好处？再说了那拉门也确实是用棍子抵住的。"

离开弹正台后，两人去往千本二条[①]一家师光熟悉的食肆就餐，此刻正沿下立卖通西行。

"可惜没能调查尸体，不过既然给我们看了现场，姑且就算了吧。"

江藤他们进入弹正台时，尸体已经被运走了。职员好像也不知道尸体的下落，江藤再怎么厉害也追问不出结果。

"日头下山也变快了。"

在师光的喃喃声中，江藤跟着仰望天空。天边渐红，薄云染紫，向东流去。

[①]千本二条：千本通与二条通的交叉路口，稻荷神社旧址所在地，京都的市中心。

"打扰。"

前方响起一声低吟。松屋町十字路口的黑色民房,随着长裃下摆翻动,一个男人从民房阴影中踱出。

"大曾根!"

逆着斜阳,大曾根一卫像个影子。

"在下弹正台少忠大曾根一卫。想必这位就是中弁江藤新平阁下。"

江藤当即从僵立的师光身旁踏出一步。

"我就是江藤新平。"

见江藤毫不怯让,大曾根打上阴影的脸上浮现出笑意。

"传说诚不欺我啊江藤,你不觉得自己有点为所欲为了吗?"

江藤哼了一声:"我只说想看看现场,你们职员就自开大门。相较之下,您屈尊亲自上阵算什么意思?"

"来叮嘱你一句。"

江藤眯起眼。

"原想着在横井和大村的案子上你会鼓捣些什么,这回是涩川吗?工作卖力是好事,不过最好就此罢手。"

"哦?这么说我查到你的痛处了?"

大曾根低笑两声。

"被寻根摸底虽不痛不痒,但让人好生不快。你小子也明白吧。"

大曾根左手轻轻握上刀柄。

"给你句忠告,别想有第二次。"说完,大曾根转过身去。江藤对着他的背影厉声喝问:

"等等,你这是唱哪一出?按你的做法,若有挡道者,不是格杀勿论的吗?"

大曾根缓缓转过身。

"你好像把我看成顽固的攘夷派了。但你错了,在会津我可是端着米涅步枪打过仗的。我很理解攘夷伐洋是鲁莽无谋的。"

"那么——"

"我忍不了的不在于此。"

大曾根的眼神一凛。

"那帮东西举着攘夷大旗信誓旦旦喊着维新救国,夺得了天下就改弦更张向欧美列强屈膝谄媚。你能原谅那种人?是人当然会犯错,但既然承认攘夷思想是错,就该重立一面新旗夺取天下。这才是正道不是?否则还有什么脸面面对那些半路倒下之人?"

言语如子弹一样。江藤什么也没有回答。

"你问我为什么放你一马?很简单。我不讨厌你这样脑筋灵光的家伙。我恨的是那些稳坐东京的变节汉,如此而已。"

呼啸而过的风猛地掀起长裾下摆。"只是……"大曾根最后加了一句,"再找我不痛快的话,别怪刀枪无眼,给我记好了。"

大曾根不留足音地消失在民宅的阴影中。

"江藤先生。"

江藤背后响起师光忧心忡忡的声音。

"鹿野君,大曾根是那样的人吗?"

在江藤的询问声中,师光一边赶上他一边点头道:"是的。"

"大曾根竟然没正眼瞧过我一眼。"

师光嘟囔了一句。

恍然之间,周围已开始覆上一层昏暗。江藤再度起步,师光默默跟从。

"这,接下来怎么办?"师光最先打破沉默,"大曾根一卫说出手就出得了手。江藤先生,现在最好体面收手。"

"说什么胡话。"江藤断然拒绝,"鹿野君,我这人吧,越叫我收手我越热血沸腾。威胁我江藤新平,胆子不小。和他斗不是很有趣吗?"

江藤不合时宜地露出笑容,将目光移向暮空。细碎的流云如火般通红。

千本二条下段的鸡屋李久利的二楼客堂,江藤和师光对坐。两人面前各摆着一套漆盒,其上并排放着四小碟佳肴。

"故意封住书库的门,大概是为了让人认为涩川是自杀的吧。"

师光举起白瓷酒壶为江藤斟酒。

"没错。窗户太小，没有暗门，唯一的出入口还从内侧封住。这时房间里一个男人切腹而死，即使死得有些让人难以接受，但我们也不得不认为他是自杀。就算还残留一些疑点，只要弄不清密室如何设计，便无法动摇涩川自裁的结论。"

江藤抬起酒杯接过师光的酒，面容严肃地闷了一大口。

"凶手先从书库里用木棍抵住拉门，之后离开书库；或者先出门，再施法让木棍抵住拉门。只有这两条路。"

江藤拿起筷子，将碗里的醋腌壬生菜送进口中。

"但要是真的，两条路都很难走通呀。"

斟满江藤的酒杯之后，师光又满上自己的酒杯。

"我想不出有啥法子能从封死的拉门中逃出，也想不来有何办法能从屋外安装抵门棍。

"起初我以为只消把木棍靠在门框，然后人出去，慢慢拉上门，木棍就会倒下来，形成撑杆。但关键是木棍基本和门框等宽。如果想让门打不开，必须让木棍紧紧卡进拉门与墙壁之间的空隙。这在门外是极难做到的。"

师光一脸思索状，用筷子夹开一块嵯峨豆腐送进嘴里。

"那用采光窗可以办到吗？"

"可能性也很小。"

江藤放下筷子，又拿起酒杯。

"格子上都是灰。若动过手脚，应该在窗户上留下痕迹才是。"

师光放下筷子,抱臂思忖。

"这么说抵门棍其实是涩川自己安放的?"送酒入喉的当口,江藤突然小声道。

"您是说涩川真系自杀?"

"我没说。我说的是涩川被凶手追击,为了自保逃进书库,用木棍从内侧抵住拉门,而后力竭而亡。"

"但如果在书库里力竭身亡,涩川在走廊逃跑时就已经受了重伤吧?可现场没有留下这样的痕迹。"

"唔……"江藤一时语塞。

"还有,假使江藤先生的推理正确,对凶手来说伪造涩川自杀假象就是天方夜谭了。又该如何准备书库里的酒壶、染血的小太刀呢?"

"知道了知道了,不要说破。"

江藤瞥向别处,粗暴地喝干了杯里的酒。

冷风从面向千本通的拉窗吹进来。师光看向窗子,幽幽开口:"说起来……"

他看向江藤的脸。

"事发当天,我听说有位政府高官拜访大曾根先生。这件事可能和案子有啥关系,所以我找本城先生查了查。"

"哦?"江藤夹起一块烧鸭,"有何发现?"

"也没啥。是市政局一个叫天野川的来访,那男人说他收到大曾根的来信，信中写道'私下有要案相托'，但当他赶去时，却被轰了回来，说不是时候。"

"可疑啊。"

"可疑吗？我倒觉得他的反应很正常。"

"不存在的。那个叫天野川的很可能是大曾根找来作弹正台外部证人的。只不过大曾根当天意外地遇见了你——鹿野君，于是乎你就被匆忙架上证人的角色了。"

"这也太穿凿附会了吧。"

就在师光不由苦笑之时，正在给自己倒酒的江藤突然抬起头。

"哎，鹿野君，有木棍，拉门就打不开……"

江藤抓着酒壶，直直看着师光的脸。

"事到如今说这个干吗？"

"不过呢……"江藤探出身子，"要让拉门打不开，不一定非要木棍卡住门槛……"

六

空中淅淅沥沥地飘着细雨。从敞开的拉门外流进来的湿润草木香气搔着大曾根的鼻腔。

弹正台京都支台西端,面向庭院一间八叠大小的房间里,大曾根正面对书案奋笔疾书。

"平针又跑掉了吗……"

将最新的报告拖到手边,大曾根自言自语。他看的是今年一月萩市爆发的长州奇兵队武装动乱的处理报告。平针是叛军匪首的名字,那人过去曾是兵部大丞,在政府供职,后因反对政府方针下野,最终成了叛徒。身为作乱主谋,政府方面正竭力追查其下落,但好像尚未抓捕归案。

大曾根朝旁边一瞥,案头还摊着一堆文件,都是有关西日本各地反政府集团动乱的报告。大曾根的嘴角自然地松弛下来。

闹吧,乱吧。用虚假大旗夺来的天下本就不该存在。各地积郁的不满是点点星火,最终会以燎原之势吞没整个国家——距离那天已然不远。

"大曾根次官，"拉门后响起人声，"江藤新平和本城伊右卫门求见，他们已在大门等待。"

大曾根合上眼。漆黑视野里浮现出的是手握太刀，于战火纷飞的战场上斩杀敌兵的自己，是再一次逐鹿天下的自己。怎可在此止步！

"带他们去客厅。"

抓起刀，大曾根悠然起身。

"让我们好等啊。"

大曾根刚进客厅，一句话带着刺扑面而来。开口之人是江藤。大曾根不作声，卸下腰间爱刀，在两人面前坐下。

"我应该提醒过你见好就收。"

"正因为收不下，这才来找你。"

大曾根眉间的沟壑更深了。

"说话注意点，江藤。涩川是切腹自尽的。"

"错了。涩川是在毫无防备的情况下，被人从背后捉住胳膊切腹割喉的。这才是事件真相，证据在于涩川左侧脖子上的刀伤。"

"什么意思——"

大曾根的脸色变得很难看。

"涩川广元是左撇子。左撇子当然左手拿刀，于是自刎应是右掌按住刀刃，伤口也该出现在右颈，可现在刀伤留在左颈。若涩川真是自杀，这一点明显有鬼。"

"左手持刀割在左颈也并非不可能。"

"切腹过后未当场殒命，涩川这才要割喉吧？那么他没理由选择这么不顺手的方法。"

"一派胡言。"大曾根声音沙哑地反驳道，"发现尸体时拉门被内侧木棍卡死。如果像你小子所说，涩川不是死于自杀，那么凶手又怎么从书库里逃出？还是说有什么暗门？"

"要说让拉门打不开，可不止木棍一种办法。"

江藤一举打断大曾根的话。

"先从喝得烂醉的涩川身后握住他的手，切腹，割喉。一边注意不踩到血迹，将抵门棍丢在拉门附近。之后出房间，关门，接着取一根长钉，将拉门钉死在敷居凹槽里便可。推拉房门时，由于拉门上方无阻挡，可以自由晃动，但下方被钉死，让人感觉有什么东西抵住拉门。后来冲破拉门，钉子也同时折断。人们一见门后的木棍，自然以为是它卡住了拉门，更何况是你带头诱导下属说出木棍的事。而现在，门槛敷居上还有钉子的痕迹。"

"那扇门从前就合不严，那不过是个修补痕迹。你不会想用这点小细节推翻所有的事实吧？"

"当然不是！"

突然，江藤背后扬起粗粝的一喝。是到现在如石佛般屹

图二

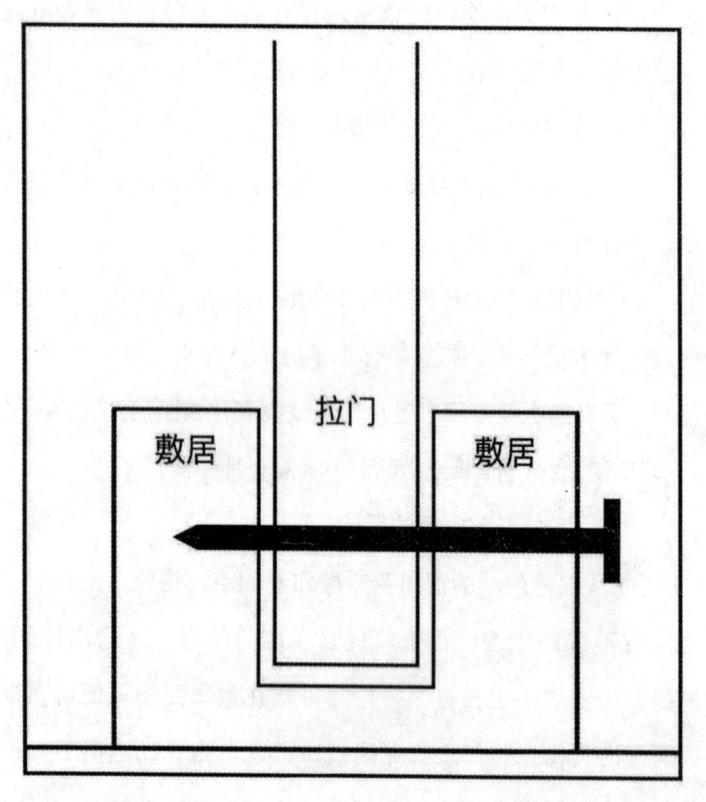

然不动的本城。

"但是既然涩川广元有了被人杀害的可能,那么京都府厅就不能坐视不管。"

终于察觉出江藤的真意,大曾根口中漏出一声呻吟。

"你说得有理,仅凭尸体上的伤痕和门框上的钉子就断言谋杀实在鲁莽。实际上涩川可能真系自杀。"盯着尊口紧闭的大曾根，江藤掷地有声地接续道，"现在我俩扯平。所以我认为有必要派出警固方，不仅对案发现场，还要对弹正台内部进行调查。"

"你这人太他妈讨厌了！"大曾根不禁咬牙切齿。对江藤而言，事件真相无所谓。而拿着重新调查这张通行证，在弹正台内找到前一年横井、大村被暗杀事件的资料才是他的真实目的。

"我们今天是为此提案而来。我认为弹正台内部存在真凶，可不能判出冤假错案。当然你们也没有拒绝的理由，毕竟也是证明你们的清白嘛。"

大曾根对江藤的话充耳不闻。此刻他正脑力飞转，想从这一系列事情中找出最稳妥的一招。随后——

"那么得罪了。"

话说出口的同时，大曾根右手一动，抓住身旁太刀的刀鞘，刀柄飞出，直冲江藤面门袭来。

本城伸手一把推开江藤。太刀扑空。本城单膝着地，伸手要拔腰间小太刀，可大曾根更快。只见他刀不出鞘，用力横挥，狠狠击中本城精瘦的侧臀。

本城发出"呜"的一声呻吟，身体剧烈晃动。大曾根站起来，举起刀鞘对着踉踉跄跄的本城头顶毫不犹豫地就是一击。

本城额头滴血倒地。大曾根这才拔开刀鞘，刃尖对准一旁双手支地、茫然自失的江藤的脖颈。

"看好了，这就是我的手段。"

看着咬紧嘴唇的江藤，大曾根低笑两声。像是突然回过神，拉门外雨声渐响。

"你以为我江藤新平已经束手无策了？这里已被警固方十几人团团围住。现在做傻事只会自取灭亡。"

"那又怎样？"

大曾根冷峻地俯视江藤。

"我说过让你收手。无视警告的是你小子。"

噌的一声，刀尖伸出。江藤身子向后退。汗从他的脸颊滑落。

"你们的尸体就丢在城中吧。离开弹正台，中弁江藤新平与护卫一行于归途中遭反政府浪人袭击——情节足够了。"

就在这时，大曾根背后的拉门传来一声轻微的开启声。大曾根刀尖指着江藤喉头，转身看去。

"抱歉，我在忙。"

走廊里，师光默立。

"你都听到了？"

师光微微点头，面色哀苦地向前迈出一步。大曾根紧咬牙关，一口气猛吠："涩川广元多行不义，人人得而诛之。不过杀一只啃根噬茎、凋零花叶的蝼蚁，我有什么错？！"

师光目光阴郁地看向大曾根。

"师光,你也同这个东京来的家伙为伍吗?"

"我现在仍在你这一边。"师光缓缓开口,"但江藤先生不一样。日本需要他,所以请你住手。"

大曾根的脸开始剧烈扭曲。就好像至今避而不见之物忽地欺上眼前。

难掩的激情化作喉咙深处挤出的闷吼,大曾根挥手斩向师光。

师光低着头,一动不动。大曾根朝师光头部一口气挥下太刀。

中!

他虽这样想,手上却没有感觉。不知何时师光竟闪身左侧,刃锋从他胸前滑过。

大曾根连忙收刀,这时师光抢先出手。他踏前一步,对准大曾根握刀的手猛击。痛楚如一块烧红的铁,回过神时,刀已落地。

房间里,唯雨点叩地之声。

"大曾根先生……"大曾根跟跄着膝盖及地。在他身侧,师光平静地开口:"这几年,我辗转于各个藩国,遇过形形色色的人,也见过各种各样的事。当然,不会只有悦心之事,毋宁说更多的还是悲惨之事。"

师光淡淡地接道:

"北越、会津,许多人被卷进战火。不止武士,女人、老人,甚至孩童,太多民众被杀。即使战争结束,在西国诸藩表面恭顺之下,所有不从太政官政策之派皆被斩首。人死得太多了。"

大曾根低头不言。

"可能我依旧天真的样子惹您发笑了吧,但那真是我见过战争后的所思所想。大曾根先生,这世上没有谁的命是死不足惜的,没有。"

师光弯下腰,将大曾根的手臂——那只伸向胁差的手臂温柔地按住。

"当然,您的命也一样。"

大曾根轻笑出声。除了发笑,他还能做什么呢?

七

　　大山雀吱吱而啼。在窗边手支腮帮，鹿野师光呆望着枝头细小的鸟影。

　　乌丸今出川的茑屋，师光寄宿的旅社二楼客厅。房间朝南，凭窗可俯瞰小小的后院。

　　嗖地一阵强风拂过，惊得大山雀张开青灰色的翅膀腾空而起。师光追逐着它们的身影，深深地叹了口气。

　　"鹿野君，在吗？"

　　声音从背后传来。拉门空隙里探出江藤新平的脸。

　　"有何吩咐？我可以过去的。"

　　师光伸手从屋角拉来坐垫，请江藤坐下。

　　"我这就去备茶，房间简陋您请自便。"

　　"欸，不用客气。不如这样，去附近走走？"

　　师光沉默地盯着江藤，之后拿起佩刀，站起身。

　　两人漫无目的地沿今出川通东行。

"本城先生情况如何？我听说他没有生命危险。"

听到师光的问题，江藤点点头。

"也是个倔脾气，那家伙。头上缝了几针，又审大曾根去了。"

顺着二条官白邸的木板围墙转了个弯，两人走进民宅连片的狭窄巷弄。

"大曾根一卫还是什么都不说。"江藤偷看了一眼师光。

"是吗……"师光仰头看天，短促答道。拥挤的狭长屋檐遮住秋日天空，天高得好似看不到顶，又那么蓝，那么清。

"那家伙之所以弄那些小把戏，大概是预见我会出面调查吧。"像是厌烦沉默，江藤接着说，"若要堵上涩川的嘴，他无须特地动用手段，只消趁夜色将其斩杀于街市即可。然而涩川与我接触后遂横死街头，谁都看得出是灭口。为了逃避嫌疑，大曾根小动作不断，让涩川之死看似自杀——即隐藏真凶。"

——非也。

师光反射般地在心中默念。当然，隐藏真凶或许是理由之一，但在那之外，大曾根应该还有封门的理由。

大曾根被捕后，经过对弹正台内部的调查，警固方得知涩川的尸体葬于洛北紫竹村本圀寺。为使笔录更加完整，江藤派本城调动警力，挖出尸体，立刻对其检查。事件发展导致师光也在现场，可有一事令他挂心。颈上乍看很深的伤口，其实尚未达到当场毙命的程度。

倘若涩川切腹，师光大概也不会放在心上。大量出血，魂命半失，想来手臂无力，造成浅伤亦不为奇。但事实不同，持刃对准涩川身体的是大曾根。

浅伤对大曾根有百害而无一利。若让涩川苟延残喘留下痕迹，那便是两头打水漂。而大曾根怎会没注意到这点？

想到这儿，结合钉子封门的手法，师光得出另一种可能——该事件是否本就是对涩川的刑罚？

涩川被江藤翻到旧账，为求自保，欲出卖为其掩盖罪行、与之有大恩德的弹正台。大曾根深恨变节不义，断不可能饶过他。

"从外面钉钉子是为了让拉门无法从屋内打开。大曾根离开时熄灭蜡烛，书库应是一片黑暗。涩川最后痛苦到想要割喉，却始终没能找到小太刀。只能在无尽的痛苦中慢慢等死吧。"

师光的脑海中浮现出两个人影。未被直取性命，却身受重伤的涩川，浑身沾血缓缓爬动，拼命抓住门板想打开拉门。拉门外，大曾根静立走廊，倾耳细听门内传来的微弱声响……想要甩掉如此黑暗的想象，师光猛地摇了摇头。

不知他的低语是否传进了江藤耳里。"不如……"江藤突然开口，"这起事件的报告就由鹿野君来写吧。"

江藤视线炯炯，盯着什么也没回答的师光。

"我说过让你来太政官工作,别说你忘了。"

"别……"师光言语模糊,回看还带着泥泞的路。江藤也不再作声,两人各自无言,来到面向贺茂川的河滩小道。

"是什么让你这样烦恼?"江藤用麻木至极的强硬语气说道,"就那么讨厌和我共事吗?"

"没那回事。"

师光停下脚步。

"大曾根的心,我感同身受。如今这世界已不需要我了,继续赖在台前也不会有啥好事,只会感到凄惨吧。"

吹过河面的风摇起豆红色的衣袖。

"当然,我也不甘心,胸中火急火燎的,也为自己感到悲哀。只是没办法,我没理由留下,如此而已,如此而已。"

师光口中不断重复着"如此而已"。

"真够矫情的,你这人。"

回应他的,是江藤无奈的声音。

"还在怀念那个冠绝三大家,同时又关照萨长的尾张藩吗?对你来说,眼下确实是个逆风的大时代——不过,那值得在乎吗?"

师光不禁抬起头,眼前还是江藤不耐烦的脸。

"我的左膀右臂非你莫属。这个理由够不够让你留下?"

心底积攒的沉重包袱悄无声息地消失了。同时,自戊辰之战以后,一直强撑着的双肩突然如释重负。师光切切实实感觉到了。

"多谢你。"

这是打心底里的感谢。师光深深低下头。说是喜悦不大准确,但他嘴边确实有一抹自己也不明白的微笑正不由自主、由内而外浮现出来。

江藤猛地伸出手:"走吧。"

师光也缓缓伸出胳膊,用力握住那只手。

监狱毒案

京都六角通府立监狱，原兵部大丞平针六五遭人毒杀。平针系国事犯，因谋划颠覆国家政权被判死刑。凶手为何特地行凶于罪人即将斩首之际？个中诡异古怪使真相甚难探明。

——《司法少丞　鹿野师光报告书》

一

牢房内一片寂静。成排的铁格栅栏后不见囚犯人影，只有落叶扫地的干枯声音回响在通道之中。

明治五年（一八七二年）秋。京都，六角神泉苑，府立监狱。

数年前的德川时代末期，这座"六角牢狱"是很多囚犯——俗称"志士"的云集之处，而今已完全寂寥。

庆应四年（一八六八年）因官制改革，古都改称"京都府"，由政府派遣府知事。维新虽然成功，但这个一穷二白的新体制不知何去何从。显而易见，暂用德川时代大多原有设施是必然之法。这座监狱也是这样一个"替补"。

呜呼哀哉。这座令平野国臣[①]、乾十郎[②]等无数名人葬身的牢狱，自戊辰之战被闹了个底朝天之后，竟沦落成市井斗殴

[①] 平野国臣（1828-1864）：福冈尊攘志士。通晓国学，于安政五年（1858）脱藩，往京都与诸志士为国事奔走。因屡次举兵造反，战败被俘，被斩于京都。
[②] 乾十郎（1828-1864）：奈良尊攘志士。文久三年（1863）加入尊攘派浪人团体"天诛组"举兵造反，战败被俘，被斩于京都。

者和毛贼扒手盘桓几日的去处。随着三年前东京定都，这里同昔日京城一起，似火光熄灭一般消失于人们的记忆之中。

监狱最深处关着一个男人。

男人双目紧闭，面壁静坐。他头发凌乱，胡子拉碴，消瘦的脸颊满是黑色的污垢。

此人名曰平针六五，因主谋叛乱，企图颠覆政府而被囚禁于此。法院已判死刑，现在的他无非在消磨行刑前的时日。

莫道如今蓬头垢面，戊辰之战中身为兵队长的平针奋勇杀敌，战功卓著，后又出任新政府兵部大丞，声名显赫。

平针生于萩市城下一户贫寒的藩士家庭。出身寒门的他一路爬到政府高层，眼下却被削去士籍，落个候斩的戴罪身，其缘由毋宁说是被时势无常所逼。

明治开元——那个昨晚还高叫着攘夷之人，今早又换上笑脸大谈开国和亲的时代。在尊皇攘夷的大旗下奔波的平针，自不能容忍政府此般变节行径，遂辞表一掷，怫然返乡。回归萩市，却也实属无奈。

然而故事不会就此结束，平针被政府盯上了。

若只是文职，他或许也不会被人针对。但如前文所述，战场上平针可是赫赫有名的参谋，彻头彻尾的武士。

当时，包括平针家乡萩市在内的山口一带盘踞着一伙以旧奇兵队队员为首，不满自身境遇之人。他们原以为"维新成功全靠咱拼命，最终怎会没有赏钱"，可拿过不及蝇头一点的"恩赏"，便被政府一句"爱干啥干啥去吧"弃如敝屣，心生愤懑亦不难理解。事实上随着镇台①建立，上方还令其原地解散，这不让那帮人爆发才怪呢。

当武人气概的平针回到那片对新政府不满到冒烟的土地，又会发生什么呢？结论煌若明火。

果不其然，明治三年，奇兵队的部分士兵武力包围了山口藩厅。平针也随之起事，率领数十人东征，却被昔日同志木户孝允②率领的政府军压制，打不出山口。包括奇兵队士兵和牵连者在内的一百三十多人被当场处决，平针丢下手下，只身逃出山口。虽然很多人借此嘲笑他"胆小如鼠，愧为武士"，但当时阻止平针背枕城山③自决，送他脱逃并约定东山再起的很可能正是他那帮弟兄。然而在左右弟兄悉数身死，平针又绝口不言的今天，真相已成永远的谜。

逃出山口后，平针一时藏身在但马国的城崎④，伺机上洛。可以说平针一路避开政府耳目，甩开后续追兵到达京都，称为奇迹都不为过。虽然善后奇兵队动乱调去太多人手是一因，但后方围追官员低估了平针的武功，导致逮捕不力又是一因。

平针六五，诨名"剑鬼"，幼年习剑，无师自通，一身功

---

① 镇台：明治维新后，由中央政府从各藩国收回兵权，集中组建的陆军军团。
② 木户孝允（1833-1877）：本名桂小五郎，长州藩士。在尊攘讨幕运动中起领导作用，系维新政府核心人物。与西乡隆盛、大久保利通一起被称为"明治维新三杰"。
③ 城山：用土石城墙堆垒的山形防御工事。
④ 城崎：兵库县北部的城崎郡，为日本七大室外温泉之一城崎温泉的所在地。

夫十分了得，不仅谙熟怒劈天灵的大力刀斩，更以一手横刀取势、点状突击的细腻剑刺来去自如。早年他奉高杉晋作[①]之命入驻京都，"长州平针"遂声名鹊起。然而这刺客之名远不足以尽述其实，究竟有多少幕吏要员死于他剑下早以无从考证。

因此，到城崎的这一路上，平针有好几次险些被捉，但他总能趁隙遁逃。

不过这样的逃亡终究不会持久。即便苦心上洛，身为通缉犯的平针自身难保，更谈何再举反旗？最终，翌年明治四年夏天，平针潜伏于鹿之谷一间废寺时被捕入狱，直至今日。

秋阳照进囚牢，平针如石佛般岿然不动，双目紧闭，似在思索。

就这样又过了多久？突然，哐啷一声巨响打破监狱的肃静。与此同时，还有一串窸窣摩擦地面的渐近足音。

平针微微睁开一只眼。刚才那声巨响是狱舍大门打开的声音。有人进来了。

"呀，平针，你好啊。"

平针保持坐姿不动，扭头看向通道一侧。一个身穿黑色纹饰裤裙的小个子男人站在那里。他剃着最近流行的半长散

[①]高杉晋作（1839-1867）：幕府时期著名政治家、军事家，长州藩尊攘派领袖之一，奇兵队创建人。

发。明明在室内,他左手还拿着一把黑色西洋雨伞。

"本人鹿野。"

平针双手点地,将身体转向通道一面。

"有事吗?"

嘿咻一声,这位自称鹿野的矮个子竟在牢门前坐下。

"其实有件事需传达与你。"

正襟危坐说话的人名叫鹿野师光,是东京派来负责平针一案的临时法官。也许是尾张藩士出身的关系吧,说话夹带着名古屋的口音。

略微踌躇过后,师光缓缓开口:

"平针先生,我们拖了很久,不过也终于确定了行刑日期。"

"哦?"平针漏出小小的一声,"这样吗——什么时候?明天?后天?"

师光慢慢摇摇头。

"是……今天傍晚。"

平针眉头一皱,俯下脸去。

师光言语滞涩地接道:"我从东京快马加鞭在中午之前赶到,想着能有啥事,结果大吃一惊。他们说是太政大臣三条实美公[①]亲自下令,要将你斩首。虽然我不觉得三条公会插手此事,不过好歹名义上是太政大臣的亲令,就算江藤先生再

[①]三条实美(1837—1891):日本政治家,明治初年重臣,指导推动倒幕维新运动,系新政府最高领导人。

想拖也拖不了了。"

平针嘴角一歪，低笑道：

"为了堵我的嘴，长州那帮人想赶紧把我办了。你们司法省倒是一拖再拖，其实是想撬开我的嘴……这场无休止的拔河游戏终于要结束了吗？"

他缓缓抬起头。

"鹿野先生，害您挂心，在此谢过。但我也有原则，就算他们现在变节，无论多么厚颜无耻，也不能改变曾为同志的事实。出卖同志之举有违我平针六五的信条，所以我什么都不会说。"

"无妨。我鹿野师光很清楚你有那样的觉悟。"

师光点点头。这时又一声巨响，大门开了。

"午饭来了？"

不一会儿，一位青年出现在走廊拐角。平针说得没错，青年两手端着一个盛有木碗的餐盘。

"圆理君。"

师光坐着和那书生模样的青年打招呼，双目低垂走来的青年一惊，抬起头。

"鹿野先生。"

"我是来给平针先生带话的。没事儿，我有江藤先生的许可。"

皮肤白皙的青年默默点头，打开牢门上的小窗，收掉吃空的早餐盘,将手上的新餐盘推进去。盘上有一小碗粥,外加一颗梅干。牢里的平针一言不发,看着青年叮叮当当更换餐盘。

"那我走了。"

这个叫圆理的年轻人向师光行了一礼,快步离开。

"真是失礼,"平针拿过木碗,"这就是最后一顿?"他轻声笑了。

"哎,平针。你还记得有个人叫圆理佐佐悦吗?"

"忘不了,是我砍死的。"

平针右手举筷夹起梅干,噗地丢上粥面,一边用箸尖戳碎梅肉,一边接着说下去。

"开国论派的大垣藩士圆理佐佐悦……我记得,是元治元年(一八六四年)秋天吧。我受某人命令,在萨摩藩邸返程的途中把那家伙做了。"

"送饭的那位是圆理佐佐悦家的公子,圆理京。"

扒饭的手忽地停住了。

"他现在在政府供职,负责监狱的事务。好像为了替父报仇,他还去过新选组攒经验。今天将对你行刑的,也是他。"

平针抬起头,微微一笑。嘴角泛着被粥浸湿的白光。

"奇缘。哼、哼、哼。真是种奇怪的复仇。鹿野先生,你带我……跟他说一声……多关照……"

碗筷从平针手中跌落。

"平针?"

接着平针的身子颓然歪倒。师光感觉不对,登时起身。

"喂,喂平针。"

师光抓着牢门。牢门上锁,自是打不开。门内平针在地上翻滚挣扎,扼住喉咙痛苦异常。

"大事不好!"

师光忙想去取钥匙,然而此时,背后响起一阵低沉的呻吟。

师光回头。刚才的挣扎像个笑话,牢中的平针身体屈折,一动不动地倒在地上。他右手捂住喉咙,左手弯折,似攥着什么东西正要扔出去。松弛的面部向师光投去空虚的视线。

数刻之后,被送往监狱医务室的平针六五几经呕吐痉挛,平静地结束了他传奇的一生。

二

翌日，堀川二条的二条城，现今京都府厅内的一室。

师光一脸困惑地跟在一个身穿和服的男人身后。这面容精悍的男人正在质问另一位坐在豪华西洋桌后，蓄着气派胡子的西装男人。

"还要我说多少遍？槙村君，昨天给平针饭菜里下毒的蠢货，除了你老先生以外没有旁人！"

这位叫槙村的胡子男面容难堪地别过脸，可和服男人依旧不依不饶。

"昨天上午确定要对平针行刑。这条消息不止我和鹿野君，监狱上下人尽皆知，唯独你不知道。有必要在本该傍晚问斩的犯人午饭里下毒吗？没有！那么只有一种解释：下毒之人不知道平针即将被斩首。所以凶手除你以外，不作他想。"

"不关我的事！"胡子男——京都府大参事槙村正直怒吼道，"我不说话，你就在那儿没完没了……我凭什么非得杀死平针？江藤，我是京都府大参事，是不会做这种事的！"

槙村的大拳头轰地擂在桌面，恶狠狠地盯着和服男人——司法卿江藤新平。

江藤哼了一声。

"这跟大不大参事没有关系。我说的是除了你，其他人不满足做凶手的条件。好，既然话说到这份上，那请回答我：有什么必要给当天傍晚即将被斩首的人下毒？"

"我怎么知道！"槙村啐了一句，"调查难道不该由你们去做吗？"

"正因为没有理由，我才说你是凶手啊！"

江藤唪的一声捶在桌面。

"本来，你不是也常常在我们面前发牢骚吗？'平针的死刑还没判吗？''赶紧斩首算了。'刚才是哪位大言不惭地说'不会做这种事的'？"

"江藤先生，说得有点过了……"

槙村红着脸站起来打断要来圆场的师光。

"那人可是企图颠覆国家的重犯，都判死罪了。可是你们呢？还不是拖来拖去让他苟活！"

叼在嘴里的雪茄上下翻飞，槙村将愤懑化作怒吼。

"听好了江藤，我不像你们每天独对办公桌，和文件为伴！我大参事的职责是确保京都无事百姓平安！万一奇兵队余党为营救平针去攻打监狱怎么办，还想让京都重燃战火吗？为了避免夜长梦多，我才让你们赶紧行刑！"

"是吗？"江藤装傻充愣，"京都还是皇城那会儿，平针可暗杀过好几个人哪，大多都是你们藩觉得碍事的家伙。"

槙村和平针同是长州藩出身。江藤死死盯住槙村，接着说："三条公突然下令本身就很怪，背地里定有高人操弄。平针这张嘴会对你们长州帮官员不利吧？休要抵赖！"

槙村嘭地从椅子上站起来。

"滚蛋！我确实听过传言，说那些年里平针犯过不少暴行，但和我没半点关系。如今你翻出这些陈年烂事又是想干吗？混账话都给我省省吧。"

"哦，戳到您痛处了？为了保住长州帮官员的安宁，您完全有动机去封平针的嘴。但事实上平针说过'做不出出卖同志之举'。对吧，鹿野君？"

"啊，嗯嗯，算是吧。"

江藤满足地看向槙村。

"怎么样，槙村君？'做不出出卖同志之举'反过来便是'掌握事关同志声誉的内幕'。虽说成王败寇，谁手上都不干净，但你们犯下的可是无法饶恕的罪行。曾经下达的暗杀指令，则会威胁到现今的地位。虽然很可惜没能听平针亲口说出这些脏事，不过已经可以了。"

江藤伸出手指，犀利地指向槙村。

"反正此事件以及后续调查我们司法省管定了。瞧好了槙村正直，我江藤新平必将你的罪行暴露在白日之下，你给我等着。"

说完，江藤调转脚步，径直离开房间。师光在一旁向愤然抽着雪茄的槙村鞠了一躬，匆匆追了出去。

两人一前一后在铺着绯红色地毯的长廊走着。

"江藤，其实也不用那么挑衅吧？"冲着江藤步步生风的背影，师光问道，"原本能问出的事情也问不出来了。"

"不打紧。"

江藤稍微放缓了脚步。

"他那种人必须敲打敲打才会说实话。这回钉他一下提个醒还是没问题的。横竖都必须打倒长州帮，只是我没想到平针会被杀，不过既然来到京都，怎能两手空空地回去呢？"

说着江藤低声笑了起来，而师光则小声叹了口气。

"鹿野君，我要去趟京都，你和我一起。"

一个月前的某日午后，位于东京大名小路的由旧岩村藩邸改造的司法省的一室里，师光接到江藤的通知。

"去京都？马上？"

师光不禁反问。问得不奇怪，现在没空。

去年夏天，司法省刚刚设立。作为构建日本法治根基的机关单位，亟待处理的工作堆积如山，编纂民、刑法，分析研究西洋法律制度等不胜枚举。而包揽这些工作的司法卿江藤，应该没闲工夫悠然游京都才对……

"记得那个平针六五吗？"江藤一边看着手上的文件一边问。

"啊，原先在兵部省当差，后来辞官在萩市起兵谋反的那个？"

"就是他。那家伙的案子要在京都临时法庭开审了。司法省要派出几人去做法官。"

"你要去？！凭什么啊……"

师光不解地叫出声。

犯下滔天大罪的平针六五本应移送东京之后，由司法省主持法庭审理，可是有人从中作梗。不是旁人，正是过去指使平针行刺的长州帮政府高官。

由于害怕平针道出他们的陈年罪行，那帮人恨不得赶紧灭了平针的口。即便知道"叛国皆死罪"，也绝不想让平针赴东京受审，多活几日。

他们不想平针去东京另有一大缘由，无他，唯江藤耳。

作为当代首屈一指的理论家，在法理方面，江藤自信以他的实力日本国内无人能敌。而他对"拉帮结派"憎若蛇蝎，绝不允许这帮实力明显劣于自己的蠢货，仅仅因为出身萨长就可身居高位。

于是江藤彻底与官僚帮派展开斗争，只要抓住任何一个弱点，就凶神恶煞般地将对手彻底打倒。追查长州军阀贪腐问题，一举让近卫都督山县有朋丢掉官职的"山城屋事件"便是一例。

所以官老爷们怎可能让平针去江藤的主场——东京呢？

长州帮背地里机关算尽，竭力要求平针在京都受审。好在京都的掌权人槙村正直同为长州帮官僚，决不会干看着事态恶化。

不过这些小动作是阻挡不住江藤新平的。

"司法省干的就是掌管全国执法，统筹各地法院的事儿。"在各省例会上，江藤率先定下基调，"不问过司法省，就想越权直接判决平针六五？多么愚蠢，当法治国家是过家家吗？我身为司法卿，自然严正拒绝此等暴举——不过嘛……"

江藤嘿嘿一笑。

"我江藤新平也十分能理解，平针这个国级重犯活得越久越让某些人头疼。京都和东京有漫长的东海道相连，万一犯人在移送途中被劫走则更麻烦……所以平针可不移送东京，由我司法省派人去京都不就好了？"

意料之外的提案让长州帮官员们面面相觑。看着他们内心动摇的模样，江藤讪笑道："光我单身赴任担子太重，而且最近京都也不太平，所以我还要带一名得力部下。"

他面带讥讽地宣布：

"本来嘛，决定在京都开庭的正是各位吧。不过审判国级重犯是我司法省的事，还请有异议的意见保留，免开尊口。"

"我回监狱看看。"走出府厅,师光对江藤说,"我要去问问署长,还有其他一些需要调查的事项。江藤你要不先回旅店,之后我来总结报告?"

"瞎说什么。"

江藤瞪了师光一眼。

"现在是我指挥,你只消辅助我便好。"

"呃,那江藤你也要去监狱吗?"

"这还用说?"江藤答道。

虽说调查不是司法卿的工作,但熟知江藤性格的师光只得默默听从,没有他法。

"好的。我这就叫人力车,稍等片刻。"

师光手持雨伞,伞尖点地,走向西堀川通。

三

"经过调查,毒药果然下在粥里。"

监狱署长万华吴竹沉着地说明。这里是府立监狱的署长室,室内除了一张简单的办公桌和几把椅子,别无他物。

"毒药是石见银山的鼠药,药量足够毒死一个人。我们拿野狗做过实验,只吃一口就倒了。"

"若说鼠药,想必不难弄到。这岂不是谁都能准备了?"

师光自言自语,万华坐着点点头。

"没错。老鼠药这里的物资室就有。因为没有特意上锁,所以谁都可以轻松进入,偷偷带出一纸包。"

"唔,如此一来,想从毒药来源追查凶手可就难了。"

师光低吟一声,摸了摸下巴。

"反过来从谁有机会向午饭里下毒来考虑呢?可不可以筛出凶手?"

万华缓缓摇头。

"很遗憾,没指望。从后厨做好午饭到圆理去拿,盛粥的托盘就放在配菜间。您也知道,我们这儿缺人手,一人当成几人用。圆理当时正好在忙别的事走不开,于是那段空白时间,谁都有可能下毒。"

末了万华又添上一句：

"还有更难办的,我问过全体工作人员。但他们都说'不知道''不清楚',连个可疑的影子都没发现。"

"也没什么能作为证据的物品吗……"

师光又自言自语道。

"哎,没什么要问的了。"

这时,坐在署长桌对面椅子上,一直沉默聆听对话的江藤发言了。

"可江藤先生,现在一条线索都还没挖出来呢。这样如何找到凶手？"

"说啥呢？'没有线索'自然说明'没有证据否认槙村不是凶手'。鹿野君,你不会忘的吧,对平针的行刑决定是昨天午前才定下来的。"

"这倒也是,可……"

"那么加上狱卒下女,自署长向下全监狱二十多号人都已通知到位。刨除员工和囚犯,昨天在监狱的另有三人,分别是我、你,还有个毫不犹豫来催我们行刑的槙村。我们俩当然是知道平针将于傍晚问斩的。"

江藤双臂交叠在胸前。

"因为我不想告诉槙村行刑一事,所以对监狱全体职工下达了封口令。或许有人会说漏了嘴,但从先前的反应来看,槙村是真不知情。这样一来又回去了,昨天给傍晚即将被斩首的囚犯午餐里下毒的蠢货去哪儿了?"

"不过——"师光插嘴道,"昨天槙村和江藤先生不就在这个房间里争吵……争论吗?他有下毒的时机吗?"

"不碍的,争论破裂后那人便离开了,我也在监狱里四处闲逛不知详情……喂,署长,那家伙之后回来过吗?"

"嗯嗯,他出去片刻以后就回来了,但我不知他去了哪里。"

"看吧。"江藤一拍手,"而且那家伙是京都府大参事,对监狱很熟,别说什么物资室、配菜间,就算知道午饭送餐时间都不奇怪。比方说现在,连我们这样没来过几次的都摸熟规律了。"

"可就算进入配菜间,他又如何知道哪个餐盘是平针的呢?"

"配给各个囚犯的餐盘上有纸条标记了姓名。"

在万华的回答声中,江藤大手一拍站起身来。

"板上钉钉,凶手果然是槙村正直,除他以外不作他想。好,我这就去物资室调查。鹿野君,你再去平针的牢房查一遍吧,一丝一缕都不要错过。那么署长,劳你带路。"

贵为司法卿却要亲自调查,即使是万华也要慌忙起身。

"不用不用,如此杂务还需劳烦阁下大驾,成何体统。"

然而这些话江藤新平充耳不闻。最后在他逼迫之下，万华还是当了他的向导。

"那么，就由圆理来陪同鹿野先生吧。"

说着，万华叫那位青年来到署长室。和在平针牢门前初见时一样，圆理京那张白皙的脸让人联想到能面面具。

"那么拜托你了。"

听了师光的话，他也只是默默地低下头。

"不过还是遗憾哪。"师光朝走在前边的圆理搭话道，"原本你想手刃平针，以报令尊之仇吧。"

"习惯了。"两步过后，圆理小声回答，"在新选组时，我曾几次抓到平针的尾巴。可是每次都被人搅和，最终让他逃脱。"

"哦？你还能跟平针六五过两招？厉害啊。"

圆理摇摇头，稍显狼狈。

"不能，完全不是一回事。我只不过是在全市巡逻时发现了平针而已，绝不是那种正面对战……"

他不好意思地继续说了下去。

"总之就在这时，有传言说平针要逃回长州，所以我也脱离队伍追踪他。但那时的长州已不让外人轻松进入。就这么追来赶去的时候戊辰之战爆发，幕府瓦解，一晃我已经在这里当狱卒了。"

咔嚓一声巨响,圆理打开了牢房的外大门。

"总是晚一步,这就是我圆理京的人生——好,到了。请调查。"

牢房内鸦雀无声。师光沉默着走过通道,转弯。圆理跟随其后。

在平针生前的囚室前站定,师光推开牢门,弯腰钻了进去。

尸体虽被撤去,但榻榻米上依然散落着几粒米饭。视线从那些痕迹处移开,师光又扫视一遍牢内。

除了单薄的被子叠好放在角落,牢房中无一物可称为家具。别说书桌,连个坐垫都没有。

"遗体已经送回去了吗?"

目光盯着牢房,师光问向门外的圆理。

"还没,江藤下令还要查验。估计明天要还回去了吧。"

师光沉吟一声,双膝跪地。他不顾弄脏衣物,趴在地上调查起覆盖着榻榻米的地面。圆理慌忙出声:

"鹿、鹿野先生,那种事情我来就行了……"

"不用不用。"师光一边摊开被子一边笑道,"这案子必须由司法省亲手来查。借你手调查,会惹江藤先生生气的。"

走近房间深处的墙边,师光抬头看向采光窗。从地面到窗户高约七尺半,伸手也够不到,况且那儿还嵌着粗铁栏杆。师光用手中的伞敲了两三下窗户,然而除了尘埃飞舞没有任何异状。毕竟是牢狱，没有异状才理所应当。

"圆理君，"师光转身呼唤年轻人，"依你看来，平针六五是个怎样的人？"

片刻思忖过后，圆理答曰："一个沉静的人。终日静坐，不发一言。怎么说呢，我真不敢相信他曾杀人如麻。"

"是对自己的境遇绝望了吗？"

圆理摇摇头。

"不好说。可被旧日同志抛弃，即将被斩首，单就遇上这些事，是个人都会绝望的吧。"

"有道理。"

"那个……"这回轮到牢外的圆理主动发话了，"能问您一件事吗？"

"这个？"

意识到圆理的视线，师光提起手中的黑雨伞。

"我被问过好多次。其实也没什么，只是怕随便一放便忘了，便总是随手携带着。而且这里是京都嘛，指不定什么时候就下来了。"

"嘻……"圆理一脸无奈。

"这东西很方便啊，很好用。不过这里好像也没有啥特别的收获。"师光拂扫着尘埃说道。

"要回去了吗？"

"嗯，江藤先生那边差不多也结束了。"

师光话音未落，传来咔嚓一声，外大门开了。与此同时，一阵响亮的脚步声嗒嗒地走过来。

"鹿野君，发现了什么没有？"

声音的主人是江藤。他身后是连追带赶凑上来的万华。圆理见状，转身退到通道尽头，低头行礼。

"啊，是江藤先生。唉，没有发现什么特别的，我原想平针可能会留下遗言呢。"

"遗言……署长，从昨天起你没碰过任何东西吧。"

"对，当然，这儿就是昨天的原样。"

江藤挠着头发。看样子物资室那边也未取得重大收获。

"没辙，收兵吧……嗯？"

江藤这才注意到畏缩在角落里的圆理。

"哦哦，你就是那个圆理京吗？"

圆理的肩膀结结实实打了个战。

"素闻令尊佐佐悦氏大名。能在攘夷风潮中高谈开国之利，慧眼如炬。倘若令尊健在，定会把坐上高位的萨长之辈拉下来的。"

圆理面色青白，汗如流泉，只顾低头。

"平针一事虽留遗憾，然而心再不甘也是无奈。复仇这种旧思想趁早忘掉，还是要多多精进，不辱令尊声名为好。鹿野君，差不多该撤了，我肚子都饿了，得找个地儿吃饭去。"

四

"果真是槙村下的毒吗？"

师光问向正面端坐的江藤。这里是东堀川须摩町一家名为"是空"的荞麦面小馆。

"他确实最有可能，不过总觉得怪怪的。这次的事件真那么单纯？我不信。不过呢……"

江藤拿来茶杯。

"就算不信，也没啥好想法。哎，你之前说什么遗书遗言的，难道怀疑平针自杀？"

师光苦恼地环抱双臂。

"是有过这方面的考虑。来这儿吃饭之前，我还在想他有没有可能自杀，或者说'除槙村以外是否真的不存在其他毒杀者了吗'，可总有些想不通。"

"想不通？是什么？"

"每条路都缺点什么。乍一看好像'有可能'，但经不起推敲，一推就卡壳。关键的是动机，人心难测啊，越想陷得越深。我也知道吃饭时不该谈论这些问题,但能听听我的想法吗?"

"没事,说吧。"

江藤点了天妇罗荞麦面,师光点了荞麦蘸面,两份面同放在一个大餐盘里堆在两人之间。

"那我斗胆说说。"

用番茶①润了润嗓子,师光开腔了。

"作为前提,先讨论平针是死于自杀还是谋杀。虽说也有可能是事故,但老鼠药是实打实地下进午饭里了,而且剂量足够毒死一个成年人。至于是平针自己服毒,还是有人设计让他服毒,这得分情况讨论。先说我刚才思考的平针自杀论吧。"

"自杀,嗯。"江藤一边咬断面条,一边小声哼道,"可是没发现遗书绝笔之类的东西,对吧?"

"没人规定自杀者都要留下遗书啊。平针自杀论的好处在于能够立马说明眼下最为费解的问题——囚犯为何在行刑前被杀。如果自己服毒,则谜团打从一开始就没有。"

"若像你所说,平针死于自杀,那就是这么一回事:'平针忽闻即将问斩,就在当天傍晚。出于恐惧,偷偷服下秘藏的毒药……'"

"没错。"

---

①番茶:低档日本茶,由茶树硬芽、嫩枝、大叶、陈茶煎制而成。

师光吸了一口面条。

"不过这个说法有两处漏洞。第一处是平针为何现在才服毒？"

"你想说'为何他现在才开始害怕'？"

"是的。无论死罪还是斩首，老早就定下来了。如果出于对死亡的恐惧，平针应该在死刑宣布当晚自尽。除非是等待特赦，那另当别论，可要说他在等待那虚无缥缈的特赦……反正说服不了我。"

"等死的日子可以过得平静淡然，然而真到了生死关头，恐惧没准会一举袭来。不是每个人在死亡面前都能完全放下的。"

江藤讥讽似的笑了。

"这就又撞上了我第二点疑问：'平针那种崇尚武士道精神的人，真会因为恐惧死亡而自尽吗？'"

"你想说啥？"江藤表情讶异，"你想说平针六五不是那种会因为面临斩首而自杀的人？"

师光抿了一小口茶。

"我是这么想的，至少对于平针来说，信仰比什么都重要。从他直到最后都没透露长州帮官僚过去的罪孽可见一斑。这样的人会自杀，而且还是服毒？"

江藤咬了小半口天妇罗。

"也许是这样，也许又不是，那可说不准。但仅凭这一点也很难推翻平针自杀的假说，因为两边都只是推测而已。嗐，我的观点也有这毛病。"

想起自己提出的槙村凶手说，江藤苦笑起来。

"不过就算不提出这些疑问，也还有更确定的事实能推翻平针自杀论。鹿野君，这要听你报告呀。"

江藤放下筷子。

"记得吗？万华署长说过，毒是下在粥里的。那么平针必须等到午饭送进牢房后，方能将暗藏的毒药亲手混进粥里。可当时你在牢前坐着，如果平针要下毒，也只能当着你的面行动。所以鹿野君，你看到那一幕了？"

"没有，他没做过这样可疑的动作。"

"是吗？"江藤抬起筷子向师光一指，"那就是你看走眼了？但依然奇怪。平针为啥非要在你眼前下毒呢？法官在面前，虽说有牢门阻挡吧，但被抓现行的可能性很高。与其冒险，不如等你离开后再服毒岂不更好？"

"是这样啊。"师光喃喃道，"从下毒的时机考虑，平针还是不可能自杀。"

面对着嘿嘿笑着的江藤，师光佩服地叹了口气：

"你仍旧这样明察秋毫……算了，自杀说差不多可以翻篇了。"

"那么接下来的谋杀说可是我的主场。"

江藤一气喝干茶水，继续道：

"首先有一点必须明确，如若平针被杀，那么下手之人必然可以在监狱内自由行动。那里是府立监狱，外人不能随便进入。事实上监狱里也没有目击到可疑人员的报告。假使受外部指使，实际动手者也必然是监狱内部人士。"

"所以就在自万华署长以下的二十多员工，以及江藤、槙村、鹿野三个外人之中咯？"

"还有几个囚犯，不过鉴于之前就被关在牢里出不来，投毒应该没他们什么事儿了。"

"确实，"师光点点头，"那么在谋杀这条线上，难办的是'为何罪人在临死之前被杀'。而对此我最先想到的答案是'凶手不知道平针即将斩首'，因为不知情而下毒，因为下毒导致如今诡异现状。那么符合以上条件的，只有槙村一人。"

师光对吸着荞麦面的江藤继续说道：

"死刑判决后，我们以'他案调查'的名义继续对平针进行审讯。目的无他，套出他曾干过的事。谁指使他的，具体命令如何，结果又如何。毕竟是你江藤直接审问，对长州那帮官僚来说，这可不是个好消息。我不知道东京上面下的命令具体什么情况，总之槙村想灭平针的口——这是第一种可能。"

江藤面露惊讶地问道：

"第一种？还有别的吗？"

"还有一种可能。第二种想法完全反过来，即'知道平针即将被斩首仍行毒杀之事'。"

师光说到这儿停住了,嘬了口面条。

"不满于政府变节般的开国和亲政策,这样的人有不少吧。对他们而言,平针就是英雄。如果平针被削去士籍,斩去头颅,那帮仰慕者会做何感想?"

"唔……"江藤目光向上陷入思忖,"不用说,平针是人逆贼。如果没这档子事,斩首之后,他的罪状应该和他的头颅一起暴露在粟田口或者三条河原上吧。"

"总之是枭首示众。"师光压低声音,"不是切腹,而是斩首,这是武士无法容忍的耻辱。那么'毒杀平针是为了阻止他被斩首',有没有这种可能?"

"你的意思是先杀了平针,他便不会被斩首行刑,进而也没有示众环节?"

江藤付之一笑。

"呆子!再不济也轮不上这条理由。鹿野君,叛国大罪必须斩首示众。哪怕死了,也要从尸体上斩下头颅,和罪状一起曝于人前。你作为司法少丞不会忘记,监狱职工也不可能不知。至于槙村,不管他知不知道,我都不信他会那般仁慈。"

"不过话不好说死。"师光呼的一声探过身子,"因为这次情况不同,凶手知道杀了平针,他的头颅也绝不会示众。明白了吧,平针的尸体是毒杀案重要的证物,自然不会被粗暴对待。"

"嗯……"江藤扬起脸，"行刑当口罪犯被杀，司法省颜面蒙尘，自会出马调查——这几步，是个人都能想到。而现在司法省正在巨细靡遗地检查遗体，不会放过任何一处重要线索。正因为看穿了这些，凶手才下了毒，对吧？"

"比方说——"师光接续道，"监狱署长万华吴竹。他和平针同为长州奇兵队出身。平针起事之时奇兵队也爆发响应。作为旧时同志，他应该很想让平针避开被枭首示众的结局。如此思考，便没有什么不可思议的了。"

江藤手持筷子，环抱胳膊。

"被你这么一说，确实也不能忽视……嗯？等一会儿。"

"你也注意到了？"见江藤的反应，师光叹了口气。

"没错，这个假说还是不成立。现在说的回避示众论初看正确，却存在明显的矛盾。若既想避开斩首，又要彰显平针的武士道精神，送他一把胁差不就结了？这样平针会在斩首之前自行切腹，保住他武士的名声。不管凶手是谁，只要是监狱职工，偷偷摸摸送进去一把短刀还是很容易的。然而这次却是在粥里下毒，再怎么说都显得奇怪。"

"确实。"

江藤一点头，将炸虾塞进嘴里，连同虾尾一齐嚼碎。

"明明有更好的选择，却偏偏用毒，这点也令人找不到头绪。"

"所以才苦恼啊。我就想到这三条可能性，其中两条都走不通。最后绕了一圈又回到原点。"

"嘻，你没必要苦恼。"

江藤放下筷子。

"那不更清楚证明了下手之人必是槙村？他生怕平针透露长州帮官僚过往恶业，于是先下手为强。槙村瞒过职工，潜入配菜间下毒。这就是真相——好！"

江藤呼地站起来。

"往后我们就收集足以钉死槙村的铁证。那蠢货估计也不是按照自己意愿，而是遵照东京方面的指派在行动。我去摸查府厅方面的蛛丝马迹。你再去趟监狱，集中精力查槙村，肯定能挖出东西的。职工证言再全体过一遍。喂，店家，钱我放这儿啦。"

江藤将两人的面钱放在桌上，大步流星就往外走。面条尚未吃完的师光慌忙起身。

"哎、哎，你等等我！你要去府厅的话，我也一起。"

"不需要。"

在江藤爽朗的回答中，师光僵立当场。

"这段时间，他有可能会去销毁证据。咱俩分头行动比较好。这是司法卿的命令：你去监狱，一定给我找出证据来！"

留下呆立原地的师光，江藤英姿飒爽地走出店门。日头微斜的下午，他沿着东堀川通向南走去。

五

六角神泉苑,府立监狱。

万华署长在前,师光在后。伞尖随脚步笃笃地点在木板地的走廊上。

"不过……"万华开口,"我总觉得平针不是被杀的。"

"哦,难不成署长认为他是自杀?"

万华慌忙摇头。

"不是,我也不敢断定。只是怎么说呢,有种感觉。"

沉默降临在两人行进的走廊。

"说起来——"走过一段时间,师光像突然想起什么似的开口,"原定为平针行刑的是圆理君,这是他本人提出的心愿吗?"

"是。"万华低声答道,"说是心愿其实也有点不同,不过大体上差不多。说到圆理,众所周知他与平针六五有杀父之仇,所以打从平针送进监狱起,行刑自然就定下由圆理执行。但他刚开始还有过顾虑:'就算因公斩杀平针,也不过是工作而已。反绑住对方双手再由我来砍头，这算哪门子报仇？'唉，是个认死理的人。"

"是这样啊。"脑海中浮现出圆理能面一般的脸，师光苦笑道。

"话虽这么说，但毕竟牵涉杀父之仇，最后他还是答应动手。此后，他每晚都会在后院练习砍稻草人。行刑容不得差错，就算没有父亲被杀这层关系，我们恐怕还是会派圆理当刽子手吧。"

"看中他新选组的经验了吗？"

"没错。"万华点头，"斩首是个技术活，也是个苦累活。"

脖颈处的骨骼比常人想象得更硬。介错即斩首，但斩下人头绝非易事。如果刀刃没有砍进颈部关节，只会被反弹，再砍半天人头也不会掉落。而且一刀失手还会加剧罪犯的痛苦，再想砍中就更难了。更不用说刽子手双手染血，心内焦急，再多落几刀的光景是有多么惨烈。

"不过……我说这话可能有点怪，但为何署长不助平针切腹呢？"对准眼前万华的背影，师光继续道，"身为署长，秘密送他一把胁差还是很容易的。"

万华低声笑了。

"哎呀，从司法少丞鹿野先生口中听到这样的话真是出人意料。这么说，鹿野先生是在怀疑我下毒啦？"

"并不是。"师光否认道，"如果署长是凶手，根本不用绕那么多弯,所以我才敢问您的。为啥您没给他一个武士般的了断呢?"

"平针他……已经绝望了。"

短暂的沉默后,万华徐徐开口。前方刚好能看见监狱的外大门。

"那家伙被送进来后,我和他隔着牢门只说过一次话。正如鹿野先生所料,我建议他切腹,并打算给他一把刀……即使被暴露,至少也要让他走得像个武士。这是我的考量。可……"

万华在监狱房大门口停下,慢慢转过身。

"平针沉默着,一个劲地摇头,说什么也不肯接受。他一早就失去了自杀的心气,几经愤怒悲伤,落入无尽的绝望……在我眼中他放弃了所有,任人摆布。我劝他自杀,亦出于此。鹿野先生——"万华喊道,"平针不会自杀,也不会有人杀死即将被斩首的罪人。我是搞不懂了,凶手真的存在吗?"

"可现在平针死了,"师光说道,"人死必有缘由。"

万华低垂双眼,将钥匙插进外门,转动。

咔嚓一声巨响,门开了。

万华走后,师光坐在牢前的椅子上,盯着昏暗的牢狱。

"平针被杀了。"

师光喃喃自语。接着,缓缓闭上双眼。

"平针六五被杀。被谁？不，为什么被杀……"

在师光心中，自杀说已经作罢。署长的话自不可尽信，可江藤提出的下毒时机不支持自杀。回想起自己亲眼看见平针之死，哪儿也没有类似下毒的动作。

"而且槙村也不是凶手。"

和自杀说一样，师光同样怀疑槙村下毒一说。

"在那种情况下，槙村确实是平针毒杀案中最值得怀疑之人。然而，不论政府上面如何下令，京都府大参事会弄脏自己的手吗？"

"我是京都府大参事。"槙村的怒吼犹在耳畔。并不是说身为高官就不会杀人，以师光的经验，那种人讨厌脏了自己的手，所以会指使别人行凶，自己则端坐于安稳圈中。

槙村也绝不例外。他完全无须亲自冒险，抓个监狱职工命令他下毒就完事了。

"但如果是真的，也不对啊。"

师光扶额。

"假使槙村真指使了监狱人员，那么他必然会从该职工口中得知平针当天即将受刑。那他为啥不取消毒杀计划呢？奇怪……"

可现在饭里确实有毒，所以槙村还是不知道即将行刑的事实，故而亲手下毒。

"仅仅为了封口,堂堂京都府大参事就敢冒被人发现的代价……实在不符合他的身份。"

师光又想了想有没有其他人会毒杀平针。第二次监狱调查时,在厨房做饭的下女浮上心头。

"如果下女对平针格外憎恨,就像圆理那种杀亲之仇……平针是国级重犯,被抓、斩首、示众,但终归是假他人之手。男人尚可情愿担当刽子手,那女人呢?当亲手杀害平针的想法不可阻挡之时,女人该如何做?"

在午餐中下毒吧。赶在行刑之前,亲手杀死平针。

"这样便形成了杀害死刑犯的动机。虽说下毒机会有不少,但毕竟是杀人,算上犹豫和斗争,拖延至今也算不得太过奇怪。"

想到这儿,师光忽地笑了。这层思考也不可能。

"倘若午饭里混进毒药,最先被怀疑的正是厨娘下女。她们不可能特意采用这种招引怀疑的手段杀人的。"

从高窗投下的阳光徐徐变红。再去一趟物资室吧,师光这么想着,站起身——

"啊!"

就在这时,某个念头在脑中一闪而过。

原本离开椅子的身体又坐了回去。两手压住伞柄,重新整理思绪的师光双唇抿成一条直线,如雕像般纹丝不动。

不知过了多久，太阳已完全落山，就在整个监狱渐渐沉入夜的深渊之时，师光站起身。

嚼、嚼……师光伞尖点地，独自走在寂静的走廊。从窗外射进来的苍白月光中，他那张脸不知为何充满忧郁。

六

  苍白的月色笼罩京都。仰头看天，圆理京在思索是否需要点灯。
  他左手携一细长布包，穿过监狱后方的木门。午夜零点已过，路上人影全无。
  圆理住宿的长屋位于乌丸町的上立卖通，大圣寺宫背后。沿东堀川通而上，到达上立卖道口右转向东直行不到半刻钟，长屋就在路边。
  重新拿好布包，圆理正准备迈开步伐之时——
  "晚上好啊。"
  背后响起一个声音。圆理猛然回头。
  "这么晚，辛苦你了。"
  "鹿野先生。"
  围墙角落站着鹿野师光，依旧手支雨伞。
  "调查结束了吗？"
  "说到调查，有些事想问问你。"

师光迈开短腿，一步一步朝圆理走来。

"你住在乌丸上立卖吧。我住百万遍。正好同路，一起走吧。"

师光毫不在意圆理冷冷的视线，擅自和他同行。

圆理看向前方，说道："其实不必等到这个时辰，有事直接叫我便是。"

"不麻烦，你也有工作要忙。而且我也转了不少地方，说起来……"师光看向圆理的手，"那是啥？够长的。"

圆理微微一抬手上物事：

"备前长光——父亲的遗物。为了斩杀平针，我将它保养得很好，可现在放在监狱里也没用，便想带回去，供奉在客厅。"

"这样啊。"师光没再说话，圆理也没有。相互沉默中，两人穿过猪熊通的路口。

"那么，"圆理看着师光，"想问我什么？那天的事该说的我都说了。"

"啊啊，也不是问。只是有个新情况跟你确认。唉，我希望是自己弄错了。"师光缓缓看向圆理的脸，平静地问道，"在平针饭里下毒的，圆理君，是你对不对？"

清冷的月光照在午夜的六角通。沉默夹在二人中间，随他俩并肩同行。

"除了你之外，我实在想不出还有谁会给平针下毒。"

师光淡淡说道。

"您这突然说什么呢。"圆理低笑，语带嘲意，"我杀了平针？荒谬至极。平针杀了我父亲。行刑之前杀害平针，特地放弃手刃仇人的机会，于我有何好处？"

"话不是这样说的。"师光严肃回道，"因为一个不能退却的理由，你才不得不杀害了平针——因为你不想杀平针，所以才杀了他。"

一霎寒风，穿过两人间的夜色。

"我不懂您在说什么……因为不想，所以去杀？这不是自相矛盾吗？"

言语中已然积郁了不少怒气，但圆理仍努力保持着平静的声调。

"无论怎么说，那天傍晚平针就要被我斩首，我又有何必要在中午下毒？"

"不对，"师光打断圆理的话，"正因为那天傍晚要行刑。"

两人走过西堀川通，又走过小桥，在六角通的转角处拐弯。只有师光伞尖击地的笃笃声撒了一路。

"这么说吧。"仰天看向夜空，师光继续道，"你作为平针的刽子手，是不是没有自信一刀砍下他的头颅？"

犹如雷击一般，圆理呆立原地。

师光走过几步，也停了下来，头也不回道："所以你企图在行刑前先将平针毒死,这样便能卸下刽子手这个你不得不做的重担。而你的不自信正是毒杀平针的理由——作为刽子手,你要斩首的是个国级重犯,更何况他还是你的杀父仇人。若一刀砍不下那颗人头该有多么不光彩,不用我多说了吧。"

"别说笑了。"

圆理脸色苍白,绞尽气力般地叫出声。与此同时,颤抖的手指爬上布包,解开绳结。从布包缝隙里,露出一根黑色刀柄。

"空谈得过分了。说什么我不信自己的力量而杀人,你的意思我就那么怯懦吗?!"

小心不惊动师光的背影,圆理右手紧握刀柄。

"我不是那个意思。"

师光摇摇头。

"我并不想说谁怯懦。对你来说,平针六五确实也是可憎的杀父仇人,但周围'大仇终得报'的言论把你架上高台,让你无路可退。你的苦恼……"

就在这时,圆理拔刀出鞘。他双手紧握刀柄,前踏三两步,高举刀身,照准师光的后脑勺一口气挥下白刃——

"啊!"

师光瞬间腰身一拧,一道银闪斜飞向圆理,锵的一声弹飞了圆理手中的刀。被击倒的圆理按住发麻的左手,不敢相信地看向对方。

"步法太嫩，你这样是砍不到人的。"

师光手中的伞——伞柄处闪着银白色的寒光。

"机关伞！"圆理呻吟道。

伞轴是空心的，正好起到刀鞘的效果，而里面的刃锋与太刀无异。

"我在监狱里说过，指不定什么时候刀就砍下来了。"

师光慢慢放下刀。

"西日本，尤其京都，是对政府不满者的巢穴。让司法卿手无寸铁地走在这儿实在太危险，所以这次我不仅是辅佐事务的临时法官，还是江藤先生的贴身护卫。"

圆理颓然低下了头。

铿锵一声，师光收刃回伞，看向垂头丧气的圆理。

"那时候要是我不在牢前，这起事件也不会如此复杂吧。那时能够见到平针服毒而死的，本该只有你一人。'一听说要行刑，平针控诉完对政府的恨意之后，拿出秘藏的毒药吞了下去。'之后只要如是这般把报告说圆就好。谁也不会认为有人会在死囚临刑之际下毒，你的证言亦可被立即采用吧。"

回想着圆理当时惨白的面容，师光继续说了下去。

"见到我坐在牢前，你一定万分慌张。既然有了其他证人，自不可虚言作伪。然而粥里已经下毒，此时折返，徒增怀疑。所以你硬着头皮将毒粥送给平针，然后便造成了难解的谜团。"

"鹿野先生进入牢房区域一事，我是知情的。"圆理用漏气的声音小声道，"我去拿钥匙时听说您要去看看平针的情况，但我以为你不会久留。可是鹿野先生，你偏偏坐了下来。在平针牢门前我头脑一片空白。为了不让你看穿我，我拼命保持镇定，甚至不记得是什么时候离开的。后来我才发现，如果故意打翻托盘，便可毫不费力地换一份新粥了，可为时晚矣。"

如果圆理是下毒者，那么至今困扰师光的作案时机问题便可迎刃而解。

"有关平针的刽子手一职，很早以前就确定是你。同时，为他送饭也是你的工作。若说下毒机会，要多少有多少。那为什么你还要在他死期逼近时才动手呢？就算再怎么不自信，通过锻炼总能消除不安，不是吗？"

"我是个弱者。"

一滴泪滑落圆理低垂的脸，啪一声滴在膝头。

"听闻万华署长让我行刑时，我最先想起父亲的脸。没有大仇得报的喜悦，而是害怕在我砍不下人头时，草一般飘起来的腹诽——'圆理佐佐悦的儿子就这水平？'无论再怎么锻炼，我依旧不相信自己的力量。对我来说，父亲的名声太大，也太重，重到我不能呼吸。恍然回神之时，我已经走进物资室，拿起鼠药罐……"

圆理的声音愈加纤细。

"我没打算杀他，所以只用了两小匙。我本想药倒平针，让行刑延期。也许明天、后天，我便有了握紧刀柄的自信——我是这么想的。"

师光拾起跌落地面的武士刀，收进刀鞘，轻轻递给颤抖的圆理。圆理慢慢站起，无言地接过刀。

月光之下，两人又缓缓前行。

"唉，没准心里的某个地方，还是希望他死了的好……"

师光在一旁默默聆听圆理的自语。

鹿野师光和圆理京两人不再说话，沿着夜色深沉的东堀川通，慢慢地、慢慢地北行。

七

"喂，鹿野君。回去了。"

翌日一早，师光刚睡醒，江藤开口第一句便是回去。

"终于有办法抓住槙村了。之后只消回司法省，准备相应资料便可。"

摸着下巴，江藤呵呵笑着。

"回去？回东京？"

这下师光搞不清楚状况了。

"这么说找到槙村是凶手的关键证据了？！"

"没有。"江藤爽快地否定，"应该被处理掉了吧。府厅里一开始就没留下称得上东京发来的指示。"

"那——"

"先听我说。"江藤打断师光，"之前不是说好，我去府厅探查槙村的罪状嘛。然后，鹿野君，我找到一桩更适合做文章的案子。"

江藤嘿嘿一笑。

"京都城内有个叫小野组的商家。据我了解,槙村利用京都府大参事的身份非法限制了小野组的外汇结算。这不叫行政暴力又叫什么?我已说动他们掌柜,剩下便是返回司法省,直等起诉。谅他是京都府大参事,我也可以告他,还能行使司法省的权力控制他的人身自由。"

"可、可是……"

见师光紧追不放,江藤不耐烦地挥挥手。

"你也够认死理的。凶手是槙村无疑,在东堀川的面馆我们就讨论过了。用小野组的案子先把人抓来,之后再狠狠逼问他。即使没有铁证,拿到认罪口供也是我们赢。好啦,你也赶紧准备吧。回东京的话,就从大阪①走海路吧,没工夫闲磨蹭了。"

看着转身而去的江藤,师光也没再多说什么。面对那个为达目的不择手段,将自己的信条残酷地贯彻到底的江藤,他只能无奈、无语。

"唉,这人真是……"

就在这时,师光脑袋里闪电般划过一个念头。

荞麦面馆、监狱、堀川通……为了寻找平针被毒杀的理由,师光分析了太多的可能性。临刑前罪犯被毒杀——对一场无意义的杀人,师光绞尽脑汁,最终总算查到了真相。可

---

①明治维新之后,大坂正式定名大阪。

分析过程和各种可能性都以"下毒是为了杀害平针"为前提。然而事实果真如此吗？

"我没打算杀他。"昨晚圆理一句无心的话迅速在师光心中回响。没打算杀人，反而是想让他活得久一点才下毒。

初见充满矛盾的想法，现在看来却不再突兀。如果在斩首之前给罪犯下不足以致死但关乎性命剂量的毒药，究竟算什么？应该没人会硬拉起垂死的罪人直接斩首吧。那么结局很可能是行刑延期，等待罪人康复。这也是圆理的目的，他可以通过延期的时间差多加训练。重要的是，即使只是暂时，他也能在难以承受的重压下缓口气。

于是圆理下毒了。不会立即让人暴毙，却足以产生变故的两药匙。

可是粥里毒药的剂量很高，一口足够毒死一只狗——因此平针失去了生命。

有可能是圆理撒谎，甚至可能性很大。然而师光注意到的是短暂拖延平针被斩首这一想法。怀揣同样想法的绝不止圆理一人。

"如果斩首延期……司法省不就能继续调查平针了吗！"

这样不仅能争取到审讯的时间，如果有人设计一个"麻木不仁！长州帮官僚下毒，欲灭平针之口"的戏码，即使顽固如平针，也会勃然愤怒而将往事和盘托出吧。如果另一个凶手的目的在此……

师光自知清白,也知道那个为达目的不择手段的男人有多么冷血——关键是,事发当天他也能在监狱内自由行动。

毒杀平针是两个各怀鬼胎之人的无心合作?

"江、江藤先生,你……"

看着远去的背影,师光不禁叫出声来。

听到如绞住喉咙般的呼喊,江藤停下,转过身。

櫻 ————

市政局次官，五百木边典膳与女佣一名遇刺于武者小路室町下段之妾宅。现将妾室目击贼人行凶始末报告如下。

——《京都府司法顾问　鹿野师光报告书》

一

闻鼾息渐生，冲牙由罗起身。

枕边，玻璃油灯朦胧照见整个房间的轮廓。由罗伸手轻拨齿轮，调小火芯。

直着上半身向右看，身旁另一床被褥，五百木边典膳斑白的头伸出被子，正架在船底枕上熟睡。她伸手在那张脸上方晃了晃光线，见没有反应，遂悄悄钻出被窝。

寒气刺人肌骨，柳绿色睡衣下的纤细身体打了个大大的寒战。由罗跪坐被褥，缓缓拉开枕边烟奁[①]的小抽斗，从中取出一支短枪。

咚。

枪托碰到抽屉发出一声轻响。她忙看向五百木边，见他没有睁眼，便揣枪入怀，站起身来。

视线又投向装点壁龛的那柄太刀。由罗无声地走近，毫

[①] 烟奁：又称烟草盆。兼具点火、纳灰、储存烟草和烟具等功能的匣子。

不犹豫地抓住白木色刀鞘。她想起五百木边曾吹嘘过这把维新时期从某大名家中抄来的宝刀。刀约重二十两，连由罗都能轻松挥动。

一边拔刀出鞘，一边慢慢逼近五百木边的被窝。刀鞘碍手，便扔在自己被子上。

五百木边呼吸依旧平稳。由罗单手提刀，立于床铺旁，无言俯视着五百木边。她欲言又止，突然双手攥紧刀把，认准床上之人胸口隔着被子刺了下去。

一瞬间，五百木边目眦欲裂，剧烈痉挛，张大嘴巴漏出低沉的呻吟。

不知何时，战栗中的由罗才惊觉自己握着垂直刺入五百木边胸膛的太刀僵立良久，于是两手一紧，一气将刀拔出。

刀尖的血滴进榻榻米的缝隙，洇散开来。由罗当场举刀挥舞。鲜血飞溅在榻榻米和被褥上，但她毫不在意这些血污，反正它们转瞬又会被新血覆盖。

脚边的五百木边没了动静，其命休矣。由罗离开尸体，借灯光端详刀身。火光下，血脂反射出黏滑的光。由罗抓起被角揩干血迹，虽说完全祛除油脂必须使劲磨，但这种粗布被子足够擦到刀身摸不出油腻了。

将灯微微调亮，淡橘色的光幽幽映出房内光景。由罗又检查了一遍自己，大略观之，睡衣上未见血痕。

由罗目光又移到覆盖尸体的被褥上。该感谢冬天的厚被子吗？血还没有渗到被面。由罗深吸一口气，动起手脚。

"好了。"

慢捻灯火如豆，房间重归暗数。被头露出五百木边的脸，那张脸沉陷阴影，似熟睡一般。由罗又深吸一口气，怕是被褥遮捂，几乎闻不到血腥。不过也许是自己感觉麻痹罢了。

由罗再度环顾室内。房间十叠大小，北面是壁龛和多宝格，西面是壁橱，南边有通向走廊的拉门，纸拉门和木滑窗外是东边的庭院。房内家具很少，除却枕边的油灯、烟奁，以及装有茶杯和小药罐的圆托盘，便仅有一只熄灭冷掉的火盆置于房间北边。两床地铺，靠近走廊那床是五百木边的，里边那床则归由罗。

由罗打开拉门，静静来到走廊，提刀快步行于幽暗的走廊，直奔玄关旁的女佣房。

在门前站定，由罗隐去气息。正准备伸手，突然房门一移，忙将太刀藏于身后。

"夫人？"

一张小脸从门缝后张望，有些吃惊地看着由罗。

"日日乃，吵醒你了？"

由罗装作平静，却已感到心跳加速。

"我口渴了，来要点水喝。"

似是还没完全清醒，日日乃语调含混地回答："欸？您要什么？"

由罗沉默地盯着这张稚气未脱的脸。这个大约一年前住进家里帮忙洗衣做饭，活泼心细的姑娘，今年多大了呢？

"日日乃。"她重唤一声。姑娘感到些许奇怪，微微低头。

由罗握紧刀柄，刀锋穿过门缝，直刺日日乃的腹部。啊的一声惊呼，日日乃像被弹开似的扑倒。手感不对，应该只划到了腹侧和一点睡衣吧。由罗一把拉开门，踩进月光照亮的房间。

"夫、夫人，您这是要——"

血点在榻榻米上晕开，日日乃向后退却。苍白的面颊更衬出皮肤的白皙。由罗抓住手边的盖被，向匍匐爬行的日日乃扔去。随着呀的一声尖叫，日日乃覆于棉被之下。

由罗反手持刀，朝那堆蠕动的布团刺去。比五百木边更加鲜活的反抗顺着双臂传往全身。由罗紧咬牙关，用力制住垂死者的挣扎。

布团颤悸两三下，没了动静。由罗踉跄地拔出刀，一下子靠在拉门上。洁白的被子渐渐浮出殷红。由罗一边调整纷乱的呼吸，一边迷蒙地盯着那团被子。

"得赶紧。"

虽说日日乃没睡死出乎预料，但对计划影响不大。和处理五百木边时一样，由罗用被角擦干刀上的血污，直到刀刃摸不出黏腻感之后，才快步返回卧室。

她的双眸已习惯了夜色，竟感觉昏暗的油灯亮得略微夺目。再瞥一眼五百木边，盖被上也渐渐渗出血迹。没时间歇息了。由罗匆匆拾起刀鞘收刀，暂将其置于床铺旁，稍后再将它放回壁龛即可。她又确认了一遍怀中短枪，再度来到走廊上。

在厨房换上草鞋走出户外，夜的寒气瞬间裹住由罗全身。好冷。她强忍着寒战来到后院破旧的库房，举手叩门两回，每回两下。

"够慢的嘞。"

门后传来一个沙哑的声音。接着门缓缓打开，一袭黑色劲装的男人从暗处浮出身形。他高约六尺，面色惨淡，形销骨立，双眼深陷，枯槁的脸上还残留着一道旧伤，蓬头乱发向后结成一髻。

"哥，"由罗呼喊四之切左近，"你真要……"

武士刀几欲拖地，左近停下正在整理刀具的手，看向由罗。冰冷的目光中，由罗不禁低下头。

"不，没什么。"

——这样就结束了。

由罗心中默念。

"听说你让日日乃送了点东西进来……"

"嗯啊。"左近点点头。一瞥库房，杂乱的旧物堆上放着一只广口酒壶和一个粘着米粒的竹皮包袱。

走向主屋的途中，左近在厨房前停下脚步。朝由罗投来的目光实则穿过围墙,往邻家寒樱树的枝头延伸开去。苍白的月光下,早开的樱花随夜风散落。

"怎么了?"

"已经是樱花时节了,真快啊。"

摊开手掌接住飞扬的花瓣,左近小声道。

登上厨房,两人在走廊里静静往前走。

"五百木边人呢?"

"睡着呢。"

"走,去里屋。"

左近加快了脚步。他早看过宅院的平面图,正好省了带路。隔着一段距离,由罗影子般地跟在左近身后。

油灯昏黄的光自拉门缝隙流到走廊。左近拔刀护住胸前,猛地拉开门。

"五百木边典膳。"

左近嘶哑的声音在昏暗房间里回响。

"起来!为了那些被你残杀的弟兄,我来报仇了!"

无人应答。左近右手提刀逼近一步,再次呼唤五百木边的名字。哪怕这时,他也没有乘人之危,而是竭尽所能想唤醒他与之决斗。男人的行为映在由罗的眼眸,何其滑稽,何其可悲。

终于察觉情况有异,左近突然不再说话。由罗也从怀中掏出短枪。

左近屈身,掀开被角。

"这——"

刚叫出一字,左近便哽住了。被子下面是何光景,因为左近的遮挡,由罗不得而知。

"怎么了?"装着没注意到子弹上膛的声音,由罗出言问道。

左近反射般地站起,猛然转身:"由罗!你——"

枪口已经对准左近的胸膛。为了这个瞬间,她曾反复练习。这次绝不允许失手。

"哥,都怨你。"

由罗扣动扳机。

验过左近确已断气,由罗开始进行最终的善后工作。

短枪丢在五百木边身旁的榻榻米上,烟袋拉掉抽斗,连同药罐一起踢翻。弄撒烟灰,泼掉冷茶,让茶杯滚落至墙边。

接着由罗卷起还盖在五百木边身上的被子。渗出的血将盖被染得通红,浸得透湿。血腥气一下冲上来,翻搅起胃底的吐意,由罗当即捂住口鼻。

"还差一点点。"

她一边鼓励自己,一边留意着不弄脏双手,隔着被子抓住五百木边两条胳膊。右手横着伸出去,左手放在自己胸口。

抵抗着几度涌上来的想吐的感觉,由罗来到左近的尸体边。左近被枪弹击飞,呈大字形躺在被子上,胸口大开的枪伤如今仍在渗血。流出来的黑血染红尸身，甚至在他身下被褥上晕染开来。

拿过左近手中的太刀，由罗当场屈膝，将盖被上的血迹粘上刀身。确保白刃沾上血污之后，再将其放回左近身旁。

由罗最后拿起置于榻榻米上的五百木边的太刀，目光快速扫过，白木色刀鞘上没有血渍，抽刀再看，刃上也不留血脂。她微微点头，收刀放回壁龛。

出房间，到走廊，回望一眼。凌乱的被褥、五百木边的尸体、翻倒的烟奁药罐、左近仰天而亡的尸体，以及尸体旁染血的太刀。薄橙色灯光下的惨状完全符合由罗心中的设计。

由罗再度拾起短枪，面色僵硬地在走廊中前行。现在门外应该还有夜警巡逻。只要向他们求助，计划就大功告成了。

赤脚来到玄关，开门入前院。被夜露打湿的土地冻得双脚生疼。

冠木门那边有人声。敞开门，由罗毫不犹豫地循声奔去，那里有两个人影。

二

那一晚，江藤新平大醉。

头脑昏沉，手脚怠惰。依他体质并非不胜酒力，许是推杯换盏饮至深夜的缘故。

"江藤先生，您没事吧？"

同行的本城伊右卫门抓住江藤的胳膊，只因他走着走着就往左偏。

"我——没事。"

江藤皱着眉头打开本城的手，远处传来犬吠。

明治六年（一八七三年），京都，室町通的一角。

在今出川町一家名为河童洞的酒楼用完晚餐，江藤、本城二人如今正在返回出水通旅店的途中。本城原想喊一顶轿子，但江藤执意醒酒，无奈只能陪他走夜路。

时任司法卿，官居敕任一等的江藤新平醉步于京洛土地是有原因的。因为他要将自己的首席部下、从东京消失数月的鹿野师光捉回去。

事情缘于两个月前的一纸行政通知："现调任从五位官鹿野师光为京都府司法顾问。"

通知摆在公文漆盒里，由官吏悄悄送至位于东京丸之内大名小路的司法省，其上还赫然盖着太政大臣三条实美的印章。

司法省里顿时炸开了锅。本省职员调任地方府县协助当地的司法建设确有惯例，可人员调配权本应握在江藤手中。这回跳开直系领导，由太政大臣直接下令可谓前所未闻。而且不巧的是，处在风口浪尖的师光打从上月就已告假。

江藤自然火冒三丈，直接跑去西之丸的太政官找三条。经过一番近乎逼问的会面和随后强行在太政官内部开展的调查，江藤一帮司法省干部发觉到某个事实——这次的人事异动，怎么看都像出自师光自己之手。

虽说连顶头上司江藤都被蒙在鼓里，但师光利用在做尾张藩公用人时积累的人脉，找到好几个能绕过府厅官阶，甚至超越派系的帮手。通过他们，鹿野师光促成了本次调动——调查到的几处痕迹让人不得不这么想。

得知师光暗中动作，江藤急忙赶去麴町的鹿野邸，却没堵到人。师光留给看家老女佣一句"因为工作我要暂离东京，会尽快回来"，便带着雨伞和法律书籍离开了。

太政官调查结束后一个月，江藤说他要亲自上洛把师光带回来。

"不过说来，江藤先生和京都还颇有缘分哪。"

本城摇晃着手中的灯笼。皓月当空，但路两旁拥挤的屋檐遮住光亮。足下无光，落脚也不大安全。

"平针那案子是在去年秋天吧？"

"你以为我想来？"

江藤呼着白气，没好气地回了一句。

今日他到达京都，已是傍晚时分。江藤马不停蹄直奔府厅，却没能与师光相见。听值班员工说，师光正好离府，去调查昨晚发生在伏见辖区的一起杀人案。

于是江藤先在市内找了家旅店，决定休息一晚，次日再去伏见。至于本城为何同行，那是因为司法卿突然驾到，府厅骇然，连忙派巡逻队大队长前来保驾护航。

"不过司法卿只身上洛，究竟为何？"

"是三条公直接下达的命令，我敢说吗？对了，本城……"

江藤咳了一声，瞟了一眼本城。

"鹿野君应该上任京都府了。怎么样，他干得还好吗？"

"鹿野大人吗？"本城大手摸了摸下巴，发出摩擦胡楂的沙沙声。

"立法方面我不大清楚，不过府上重大案件他都带头指挥调查。他做司法顾问头脑依旧灵光，总能从细枝末节处得出惊人的事实。不过呢……"

本城低笑着。

"虽然我老早就知道他的为人,但府厅里的人一开始全无安心之感。因为他说自己腿脚不好,哪怕在室内也会拄着雨伞当拐杖。"

"我听说府厅干部很多是从弹正台转来的。对于在大曾根手下做过事的那批人,鹿野君毋宁说是眼中钉。"

"确实,有一定数量的人看不惯鹿野大人活跃,但是鹿野大人至今也没有掀起波澜,置自身于险境。所以还请放心。"

江藤哼了一声。

"有什么放不放心的。"

与假装的漠不关心相反,江藤切实感到心底一阵冰凉。

"这样啊,他很有精神啊。"

江藤自言自语,脑海中浮现出一个矮小的、手拿西洋伞的鲜活背影。

经过监狱事件,从京都回来后,师光的样子略显奇怪。

这种变化不甚明显,硬说的话应是生分了吧。无论是讨论工作,还是下班后同去吃饭,江藤不止一次感觉到眼前的师光在凝望很远的地方。

师光遇到了什么事?疑虑的火苗一闪便烧将上来,焦灼着江藤的内心。不堪忍受之际,他想一究师光的真实意图。

可到这时，这个至今天不怕地不怕的江藤竟然口舌发僵，冲破喉咙的问话也随唾沫一同咽了回去，只是默念几十遍"他只是长途劳顿"之类不着边际的话哄自己接受。

师光离开司法省时也一样，江藤虽对师光恣意妄为大动肝火，但他也意识到自己好像早已得知情报，能够冷静判断形势：师光之所以找到三条，是因为他太政大臣的官位比司法卿要高吧。太政大臣的命令，即使是江藤也不敢轻易推翻——真像师光的做法。江藤想。

可江藤还是追了出来，推掉手头一切工作，追到遥远的京都。他也觉得为了区区一个部下这么做愚不可及，但还是来了。

不过到时候该跟师光说些什么，江藤至今也没找出一句合适的话语。想要镇住心底那股分不清绝望还是愤怒的躁郁感情，江藤强行将清酒灌进喉咙，以致今晚醉步蹒跚。

"喂，本城，鹿野君那边……"

就在江藤还在追问师光近况之时，突然一声枪响划破黑暗的夜空。

江藤本能地环视周围。本城也身下四顾，手已握住腰间的刀柄。然而除了摇晃的灯笼映出两人忽长忽短的影子，路上没有任何人的气息。

"江藤先生，刚才是？"

"是枪声。"

两人位于稍过武者小路十字口的道旁。右手边,高高的木板围墙向远方延伸,左手边,商家仓库和古色古香的民宅并立。枪声响于板墙之后。

江藤立刻沿着围墙快步前进,本城也衣摆翻飞地追上来。走过不到两户,一面小小的冠木门①出现在眼前。江藤毫不犹豫地向门扉伸出手。

"等等。"本城慌忙拦住江藤,"太危险了。你要干啥?"

"调查啊,还用说吗?屋里可是有枪响哪。"

"一码归一码,这种事用不着先生以身涉险。别急,巡逻的夜警马上来,就交给他们处理吧。"

本城正压低声音劝说,大门内侧突然传来急促的足音。两人的视线顿时投向门口。

眼看木门伴着一阵响动缓缓开启,本城一把推开江藤。就在江藤趔趄之时,本城已抽出刀,面对门口架好战姿。

门缝里,跟跟跄跄跑出一个身着柳绿色睡衣的年轻女子。

"救、救命!"

女人飘飘忽忽来到本城跟前。

"家里遭贼了,老爷他、老爷他——"

手握刀柄,本城绷着脸后退一步。江藤迅速扫了一眼那

---

①冠木门:两根木柱上搭一条横木的简易木门。

个女子：年逾二十，凌乱的发鬓在月下闪着光，失去血色的肌肤白得透明，颤抖的纤手中握着一把黑色短枪。

"你手里的东西可不得了，刚才那声枪响是你干的？"江藤猛向前跨出一步，语气强硬地问道，"出什么事了？你叫什么名字？说。"

本城终于松开刀，一把抓住女子纤细的肩膀。女子颤抖着说她叫冲牙由罗。

江藤拾起她掉落在地的手枪。左轮弹夹中，五颗子弹一个弹壳。他又凑近枪身闻了闻，一股冲鼻的硝烟味。

"这是重要物证，你收好。那个叫冲牙的，带我去现场。"

把手枪塞给本城，江藤拉着由罗的手钻进门内。

"等等，我这就叫部下。"

本城一边追着两人，一边吹响尖厉的警哨。

两名巡警闻讯前来，跟江藤他们一起进入事发现场的房间。

"这里。"

房间里倒着两具被油灯照亮的尸体。一个是盖着被子仰天而卧，露出上半身的壮年男人；另一个是呈大字形匍匐着的男性尸体。两具尸体浑身是血，血泊还污染了榻榻米和棉被。

"这不是五百木边大人吗？"

本城指着其中一具尸体大叫。

"政府的人？"

"市政局次官五百木边典膳大人。妈的，出大事了。"

本城狼狈不堪。

一旁的江藤看着由罗："你是他夫人？"

"不是。"

由罗在房间角落里轻颤，声若蚊吟。

本城命令部下火速赶往府厅报告，江藤检查起尸体。五百木边左胸有一处很深的刀伤，比起刀割，它更像刺伤。这一定就是致命伤了吧。好像是要一探自己伤口似的，尸体左手置于胸上。房内有打斗痕迹，烟奁和药罐被悉数打翻，沾着烟灰和水渍滚落墙边。

江藤掀起盖在尸体腰边的被子。被子吸饱了血，很重。血腥味愈发地浓烈了。

脚步声起，走廊里跑来一个身穿黑色警服的巡警。此人被本城派去搜查整个宅院。

"江藤阁下，本城队长，玄关处的房间里还有个姑娘被杀。"

"是日日乃！"

由罗叫出声，顿时瘫倒在地。

"怎么会，日日乃都被害了。"

"我一会儿过去，你什么也不要碰。"江藤起身命令道，目光又移至第二具男性尸体。

此人十分消瘦，年龄约莫三十过半。他双目圆睁，像是死前被什么惊吓了一般。腰间只佩刀鞘，刀身一半刺进第一具尸体旁的盖被，躺在榻榻米上。

"我听见拉门声便醒了。"仰视着江藤和本城，由罗双唇微颤地说起来，"转头一看，一个没见过的男人站在走廊。我不记得自己有没有尖叫。只是惊醒的老爷坐起身想拿枪的同时，那人拔出刀来。"

"手枪一般放在哪里？"

"那里第二格抽屉。"

由罗指了指满是白灰的烟盒。

"我想必须要求救，于是从贼人身旁爬到走廊。然而这时，背后传来老爷的惨叫。"

由罗低下头。

"一回头，老爷胸口被贼人刺中。这时，他手上的枪滚到我眼前……"

"于是你就开枪了。"

由罗没再回答，埋着头不辨神情。江藤绞着胳膊再次看向贼人的尸体。黑色劲装的左胸上确实有个血窟窿。江藤凑近壁龛，这里没有溅上血沫。

正当江藤瞥了一眼装饰用的太刀时，背后又发出一声惊呼："这家伙是四之切？！"

完全失去风度的叫声中，本城凑向尸体。

"怎么？贼人你也认识？"

听到江藤惊讶到无奈的语气，本城慌忙摇头。

"此人是去年四月越狱的德川余党杀手，四之切左近！"

三

红梅枝头莺声爽。

翌日,由罗跪坐缘廊,呆望着早春的庭院。

与庭院的安详形成对比的是她背后传来的纷乱足音。五百木边家派来的下人正混在搜查巡警中间,收拾弄脏的榻榻米。

五百木边和日日乃的尸体清早便已送回各家。左近的尸体则被巡警带走,由罗亦不知具体去处。五百木边本家派人带来家令,限由罗数日内搬离宅院,并丢下一笔钱。

结束了。由罗小声叹了口气,而她心中竟意外的没有大功告成的满足,也无亲手犯案的畏惧,什么都没有。在满身倦意中,她的心只有一片荒凉。

微暖的风抚摸着由罗的脸颊。放眼庭院,苔痕斑驳的地面点落着几瓣樱花白。

由罗轻闭双眼,自然地想起左近。眼前浮现出的是左近临死前的模样——面容惊愕而扭曲,缓缓倒地。最后他呻吟着说了什么吗？由罗记不清了。

——哥。

缓缓睁开眼，柔白的春日煦阳对她来说有些过于刺眼了。

四之切左近是由罗父亲在伏见区开道场时教过的一名年轻武士。由于是块练武材料，颇得家父赏识，左近也成了冲牙家的常客。

对于年幼的由罗来说，长她近十岁的左近是个难以接近的人。如今想来，只有他在尘埃飞舞的道场里挥汗如雨，抑或高喊着与同门斗剑时的身姿留在了由罗的脑海中。

由罗是武士之后，自幼熟读四书五经，兼修长柄薙刀，绝非娇花弱蝶之辈。可左近练功之激烈，却常让她心生畏怯。

加之左近本就沉默寡言。现在回想，彼时的他也曾苦恼该如何同师父的女儿相处吧。整天板着脸的左近，让由罗只想逃避。

转机发生在由罗九岁那年。那一年，一群饥饿的野狗从冲牙家庭院冲进屋里，引发骚乱。

饿红了眼的疯狗在屋子里乱窜，很快便寻到女佣和由罗躲藏的里屋。女佣抱住由罗瑟瑟发抖，眼见一只高大的黑犬龇开獠牙朝她们扑来。那一刹那，另一面拉门洞开，一柄木刀箭一般地飞出来，是左近。恶犬被木刀刀尖击中侧腹，哀号着飞身退逃。左近连忙拾起木刀，正对准备二次攻击的野狗，照头就是笔直一击……

整个过程仅仅一瞬。在由罗呆望处，被斩首的犬尸后，左近半张脸沾满了飞溅的鲜血，默然伫立。

"没事就好。"

左近看了眼由罗，走出房间。是流淌在身体里的武士之血的作用吗？由罗心中暗叹这是何等强大之人。目送着左近的背影，一股不可动摇的敬畏之情打从心底油然而生。

此后，由罗对左近的印象一变，这份感情说是"思慕"或"爱恋"，都不及"憧憬"来得准确。随着由罗心怀敬意地接触左近，左近也开始笨手笨脚地教她剑术。不知不觉中，由罗心中的左近变成了一个强大而可靠的兄长。

之后左近被荐至东町奉行所工作，以下级武士的身份昼夜不分地维护京都的安宁。由罗也出落成大姑娘，到了谈婚论嫁的年纪。这时维新运动爆发了。

伴随着德川幕府崩坏，战争夺走了由罗的一切。父母葬身炮火，家人纷走流离。左近加入德川军队，从此杳无音信。身似浮萍的由罗几经颠沛，也切身体会到乱世之中哪里还有好人。后来，在年号改为明治的那一年，她于岛原[①]堕落沉沦。

之后的四年，直到被五百木边赎回，由罗都勉强自己不再想起那段时光。耻辱加身苟延残喘，并非是有活下去的希

[①]岛原：京都市下京区西本愿寺以西一带，自江户时代起便是京都官方唯一认可的风月场。

望,而是连死都没有力气。

心如死水、形如木偶的日子并未因她做了五百木边的小妾而有改观。由罗的心如泡水发皱般没有一丝知觉。喜怒哀乐在她身上尽数遗失,心中浮现的只有往日情景。父亲的身姿,母亲的笑,家人团聚其乐融融,还有左近强壮的背影。

由罗承受着一切——不,应该是放弃了抵抗。她也以为这无味的日子或将伴随终老。谁想去年早春的一个晚上,她竟与左近重逢……

"那个……"

背后传来客客气气的一声,将由罗从回忆中捞了上来。她转头看去,走廊里站着一位年轻的仆人。

"玄关里来了几位巡警老爷,说还有点事要问。"

由罗起身。

"请他们去客厅。"

"久等了。"

客厅里有两位男子,正是昨晚那两人——脑门宽大的应该叫江藤,面容老气的应该是本城。江藤和昨晚一样,穿着和服,罩着羽织。本城却换了一身黑色警队服装。

"节哀顺变。您的情绪好些了吗?"

本城面对由罗跪坐下来,开启了话头。

"嗯嗯,还好。"

本城严肃的脸配上关心的语气,让由罗微微意外。

"打扰您休息了,不过我们还有两三处细节想和您确认。"

"一定知无不言。"

"那么——"本城往前凑了凑,"是有关贼人的,夫人您……"

"叫我冲牙就行。"

由罗当即打断对方。本城有点难堪。

"那么恕我失礼,冲牙女士,您知道贼人四之切吗?"

"我从老爷口中听过几次。他企图谋反被捕,后来又从六角监狱逃走了。"

本城点头。

"他原是奉行所的下等武士,维新时加入德川军。兵败鸟羽伏见后,伙同德川余党宣称复仇,四处斩杀京都太政官官员,是个大罪人。"

这时,坐在本城旁边嘬着烟管的江藤悠悠开口:

"当时五百木边典膳在弹正台京都支台供职。在他的指挥下,那帮想在京都挑起战事的人大都落入法网,其中多数被送去监狱斩首,或者在牢中残虐致死。总之那帮人正如文字意义一样,彻底被消灭了。"

江藤盯着由罗,吐出一线轻烟。

"就连那时越狱成功的四之切也在次年,明治四年冬天在逃亡地松崎村被捕。虽然弹正台已经解散,但五百木边十分固执，好像加入了该案的审理，结果一轮又一轮的严刑拷打将四之切折磨到半死……不过，四之切活下去的执念着实可怕，他见隙扼死两名狱卒后再度逃亡。那时他已遍体鳞伤，本以为脱跑只会让他流浪而死，可他一直努力延命，伺机复仇。"

由罗低下头，又想起与左近再会当晚的事。

日日乃的一声尖叫划破春夜的黏滞。

在自己房间阅读汉书的由罗一惊，急忙跑进庭院，循声走向库房。在那里，一个男人手拿一根尖锐树枝抵住面色苍白、僵立当场的日日乃的喉头。他正是左近。

起初由罗并没有认出左近。他蓬头垢面凶神恶煞，早没了过去的模样。就在由罗屏息以为自己将死之时，男人血红的双眼突然大睁。

"由罗？"

声音虽沙哑，但音色熟悉。由罗渐渐明白眼前这个力竭昏厥的男人是谁，同时也着实感到自己正失去血色。

事后方知，左近亦不知晓由罗住在这儿，只是在夜色中拖着半死不活的身子逃亡，于意识将消之际潜入了由罗的居所。

由于不知五百木边何时会来，由罗不能让左近进屋。她谎称左近系先前战争中失散的兄长，命日日乃准备被褥等物品，将左近藏于库房亲身照料。

虽然也想一探那段音讯全无的日子，无奈左近长期没有醒来，由罗又不敢求医，她的不安一天天加剧。

事态激变发生在他们重逢后的第七天。

"监狱里逃掉个人，真他妈晦气。"

五百木边对斟酒的由罗念叨。

"是老爷审过的犯人吗？"

由罗一边满上酒，一边偷瞄五百木边的表情。看到一脸苦相点着头的五百木边，她心里明白了。怪不得这几日五百木边反常地心神不宁。这个平日装作大豪杰的胆小鬼是怕越狱犯找他寻仇。

换作平常，五百木边一周只会来由罗这儿两三次，而这几天他每晚都来。由罗吓坏了，还以为他已知道左近的存在，这回才终于弄清缘由：比起住在本家，这个不为人知的妾宅对他来说更安全吧。这便说得通了——由罗心内想道，目光清醒地盯着五百木边的侧脸。

五百木边自然不知由罗在想些什么，粗暴地干掉一杯：

"那人是反抗政府的恶徒，德川余党四之切左近。"

由罗肩头剧烈一抖，酒壶差点脱手。五百木边狐疑地看着她。

"好怪的名字。"

由罗嘴上不动声色，内心却惊如快鼓。

待到五百木边安寝，由罗来到库房。

"由罗。"

左近醒了。从高窗漏下的月光里,他想直起上半身。由罗见状连忙上前扶住他的腰。

"好久不见。"

想说的话、想问的事明明堆积如山,千言万语在那一刻却只汇成一句"好久不见"。左近深深地低下头。

"有件事必须跟你说。"由罗快速说道,"这里是五百木边典膳的房子。哥,你知道这意味着什么吧。"

左近睁大了眼。

"由罗,你不会跟那个男人——"

"我的事先放一边。这里危险,你得赶紧跑。"

左近想站起来。见他胡来,由罗也慌忙站起来。

"哥,你想干啥?"

"劈死他。拿刀来。"

左近脸色苍白喃喃自语。由罗用力拉回他的手臂。

"说什么呢。你的伤还没好。"

左近踉踉跄跄,伸手去扶墙壁。只听咚的一声,整个木板库房都在颤抖。由罗的身子也绷紧了。

左近靠在墙上喘着粗气,额头上豆大的汗珠,绝不是春夜暑气造成的。

"求你了,现在赶紧走,找个地方躲起来。"

面对压低声音恳求的由罗,左近终于点了点头。

"五百木边最近好像上调民部省,要去东京了?"

江藤一问,由罗抬起头。

"是的,他很高兴。"

"五百木边的调动只有少数人知道。有可能是什么人透露给四之切,他定不会漏掉这次机会,决定动手。"

正中下怀——由罗心中一点头。

"我见库房里有未用完的酒饭,还有个新酒壶,是从你家橱柜取出来的。对于这些情况你可有头绪?"

由罗摇摇头。

"我们认为这些东西是专门给四之切使用。换言之,家中有人和四之切左近私下勾通。那么五百木边升调之事,想必也是那人传给他的吧。"

"你是说,日日乃?"由罗自然地演出惊讶的神色,"怎么可能!您在说什么呢。"

死死盯着惶惑的由罗,江藤再次喷出一口紫烟。

"当然,这还不是定论。但依你看来,那姑娘有没有什么古怪举止?比如……对,外出次数反常增多,或者和男人扯上关系?"

由罗作势思考,而后摇头。由罗确实派遣日日乃离家,给藏身于洛西仁和寺街道旁的破庙里的左近送去钱财和食物。估计路上有人看见过她吧。如果现在做证,说从旁人处听说日日乃确曾外出，或许会增加她的嫌疑。但言多必失，由罗克制住自己。

"不过——"江藤的回答却出乎了她的预料，"我觉得奇怪。如果那个女佣是四之切的帮手，就有一点如何也说不通。四之切刺杀五百木边，随后被你击毙。那么四之切杀害日日乃的时间必然在五百木边之前。这就怪了：我当然能理解他杀日日乃灭口，可这难道不该留在干掉五百木边后再收拾吗？万一出手引发骚动，坏了他心心念念的刺杀计划，岂不是本末倒置？"

"莫非临时起了争执？"由罗缓缓答道。

——深究这些细枝末节有用吗？

"唔，也有这种可能啦。"在烟衾上磕了磕烟灰，江藤转向下一个问题，"有关手枪，那是五百木边买来防身的，没错吧？"

"以前在东京时，长州职工遭数名强人袭击。老爷剑术高明，但听闻那次事件后自觉双拳难敌四手，于是通过伏见商人买到了手枪。"

"是广泽参议的案子。"坐在江藤身后的本城小声道。

"可是……"江藤一边用指尖将烟丝捻成球，一边向视线落在双手的由罗发问，"你一个女的，出手便能射中敌人胸膛，不得了哇。"

语气虽轻松淡然，但由罗明显感到江藤盯着她的目光变得尖锐。

"对啊,"由罗平静地回答,"老爷在院子里曾手把手教过我几次。他对我说:'乱世当头,这东西你也得会用。'"

五百木边原本只是为了向由罗炫耀枪法。可彼时的由罗已决心杀死左近,于是主动勤练射击。一开始五百木边也有些讶异,但在听由罗说若有万一她也能保护老爷之后恍然大悟,开心颔首。

"事发当晚,你说你看见手枪滑到眼前,这才下意识地开枪击中了贼人,对吧?"

"是的。"

"那么你是跪着击中四之切的咯?"

由罗一下摸不准江藤问题的用意。

"嗯,我当时没有起身的空闲。"

向左近开枪时,由罗确实是站着的。但之前证词里她说自己是爬出去的,这时候说站起来会很奇怪。

"奇怪啊,"江藤将烟锅凑近炭火,眼里放着光,"弹道合不上。"

盯着由罗,江藤抽起烟管。

"四之切的尸体我立刻安排了解剖。结果子弹是从左胸射入,停在后背附近。弹道呈一条水平的直线。"

"我不明白您的意思。"

"如果不正面击中四之切,弹道就不会那么正。"

由罗说不出话了。江藤缓缓吐出青烟。

"按你所说，以跪坐姿势开枪，那么子弹应是斜向上射进胸膛，这和尸体上的弹痕不符。开枪之后到发现尸体间隔太短，没有作伪的余闲。所以你不是跪着射击，而是站起来，瞄准好四之切才开枪的。了不起，胆子太大了。"

"那不一定吧。"

由罗直面江藤，并盯了回去。

"我开枪的时候，那贼人要是正弯腰向我扑来，那子弹就会直射进他的身体。"

"你是说四之切弯腰？"

看江藤追问道，由罗露出微笑。

"我不记得了。不过既然您说尸体上的枪伤是平直的，那便不无这种可能，对吗？毕竟我记得是跪在地上的。"

由罗和江藤的视线在虚空中交锋。江藤身后的本城还想开口，江藤却唐突起身："你说得确实有理。"

江藤说完，转身要走。

"打扰了。可能后续还会找你确认，都是为了查案嘛，请别见怪。"

本城也慌忙去追江藤。由罗见两人已去，轻轻地松了口气。

"对了，还有一事忘了问。"

突然，江藤从走廊处探出头。

"我总觉得你有点面熟，我俩以前在哪儿见过吗？"

由罗瞪了江藤一眼。

"我想……这是初次见面。"

"那么本城呢?"

"头一回见。"

"了然。"江藤看着皱起柳眉的由罗,认真地点点头,爽快离去。

由罗闭上眼,呼吸吐纳恢复平静。随后她若无其事地站起身来。

四

"江藤先生,方便说话吗?"见江藤的背影穿过冠木门,本城连忙叫住他,"那女人一定有所隐瞒。"

"我知道。只是没想到她竟毫不畏惧,还敢跟我对辩。"

江藤大步流星地迈开步子。

"本以为吓她两三回就会自露马脚,想不到这女人如此棘手。"

"我倒是觉得她的说法挺牵强。"

"但姑且讲得通啊,能急中生智对答如流已经不错了。总之——"

见本城闷闷不乐地抱着胳膊,江藤大手一拍,一声脆响响彻晴空。

"不要随便亮底牌。哎,距离鹿野君回来还有一段时间。再好好想想还有没有别的法子。"

一夜天亮,五百木边的噩耗大撼府厅。

市政局是掌管京都南半部诉讼鉴证、警察业务的机关，五百木边是那里的领导。毕竟被杀的是仅次于知事和大参事的次官，引发骚动并不奇怪，加之杀人者是逃狱的德川余党，更何况他还在行凶后被击毙，眼下的骚动委实理所当然。

在众人高呼尽快查明真相解决案件之时，江藤行动得比谁都快。

看着左近的尸体送进府厅，江藤立刻奔向府厅知事长谷信笃的住处，说服了因噩耗而六神无主的长谷，不给他思考的机会，当即抢到搜查权。

"摊上事儿了。不过能卖给鹿野君一个人情倒也不坏。"

清早别过长谷邸，江藤对本城如是说。府中高官被杀，本该由司法顾问调查。虽然府厅已快马通知身在伏见的师光，可那边不结案，他也回不来。

另外，江藤还留意到五百木边的出身——自弹正台转籍而来。这意味着跟师光不对付的弹正台京都支台旧部正紧盯事件的走向。本案若能解决，之后师光在与之周旋时也会多几分赢面——江藤这样想。

回到府厅后，江藤和本城径直钻进证物室。十叠大小的木板地房间，左右两边安放着高架，中央铺着一张席子，其上陈列着手枪、左近的太刀、已经变成黑褐色的血被……江藤不顾充斥室内的恶臭，绕着席子边缘逐个打量从现场带回的物证。

"这就是四之切怀里的东西?"

说着,江藤当场跪下,伸手去够席子角落的一堆东西。那里有一个破旧皮夹、一只箭筒和一个脏兮兮的印盒。他拿起印盒看了看,盒内装了十几颗药丸,皮夹里装着一捆十几张弄脏了的草纸。

"从玄关旁的女佣房到五百木边的卧室,这一路上都没有血迹吧?"

江藤把印盒放回原位,问道。

"是,没发现血迹。"

"那他把纸扔在房间哪里了?草纸——"

江藤转过身。

"在女佣房间的纸篓或是屋子其他地方发现过沾血的草纸吗?"

"现阶段还未收到相关报告。"

"好好去查。"

本城快步退出房间。江藤起身凑近染血的被子。盖被和垫被已经折好,分别是五百木边、由罗和日日乃的三套。

他先展开手边由罗的盖被细细观察,不放过一点可疑之处。这时江藤的双眼在被子上的某一点停住了。虽然隐没在黑褐色的血泊中极难发现,但盖被上确实开了一个小洞。

"四之切的刀刺穿的?"

江藤喃喃自语，放回盖被又拿起垫被。

展开垫被，却不见小洞。江藤铺开垫被，又覆上盖被，透过小洞向下看。垫被的白布上连一根绷断的丝线都没有发现。

江藤皱起眉头。盖被上的小孔定是左近中枪时，太刀掉落戳穿的。可既然长刀锋利得能穿透厚厚的冬被，那为何下方的垫被却完好无损？

江藤意识到这点差异，低吟着站起身，这才意识到五百木边和由罗的盖被是同样花色。虽然都被鲜血弄脏，但如果被子的花纹相同，便不能排除替换的可能。

"如果被替换，那么这床盖被就不是冲牙之物，而是五百木边的，那么太刀刺进五百木边的盖被。有人为了隐藏这一线索，将盖被调换……啊啊，是这样。"

将盖被铺开，刀孔位置正好是胸部附近。江藤开始看清盖被上动的心思了。

"凶手想隐藏五百木边盖被上的刀孔。这说明'五百木边典膳是在熟睡中遇袭的'。胸口中刀的五百木边在被子里就咽了气，应该没有掏枪的机会。所以事实和那女人的证言出入很大。"

心满意足地自语后，江藤再次将视线落回穿了孔的盖被上，在盖被一角又发现了奇怪的血迹。血污像两条短带，呈镜像对称分布。江藤随后检查了另外两床被子，在日日乃的盖被上也发现了类似痕迹。

正当他抓起盖被想再细看时,一枚碎片簌簌飘下。江藤把被子放在一边,单膝跪地,指尖拈起那片东西。

一枚枯萎得厉害的茶褐色薄片,许是粘在变干的血迹上一起带来的。手指捏捏那薄片,轻轻软软,在掌心展开又现出窄窄的椭圆。是片樱花花瓣。

江藤回想起五百木边邸的后院。邻家樱树大大的枝丫伸过高墙,伸向库房。花瓣应是四之切从库房到厨房的途中飘落到他衣领上的吧。

"久等了。"

本城快步赶回。江藤放好枯萎的花瓣站起来。

"我命部下再搜了一遍。果然,没发现沾血的草纸。"

"本城,看这个。"江藤指着日日乃被褥上的血痕说道。

本城凑过去,讶异地看着:"这是……擦刀的痕迹吗?"

"四之切有草纸,为何还要用被子擦血?还有更奇怪的——"

江藤直指旁边的盖被。

"同样的痕迹在五百木边的被子上也有。"

江藤无视本城询问的目光,绕着席子转起来。低头转圈的江藤脑袋里反复咀嚼着案件的各个要素。

"啊,江藤先生……"本城犹犹豫豫地对念念有词徘徊着的江藤说道,"我还有一事禀报。伏见的鹿野大人给先生送来手书。"

江藤登时扬起脸，连忙走向本城身旁，一把抢过他手中的纸片。

盼您代为搜查——抛去寒暄的打头一句，师光如是写道：此案本该由我司法顾问负责，无奈伏见之事意外难缠，一时分身乏术。可置高官遇刺事件不决，亦如块垒在心。幸闻江藤先生差旅京都，且为事件第一发现人。故能否行使方便，代我指挥搜查？不过先生出手，定会招致惊哗。我已放言，称鹿野师光愿担全责，想那一干人等也不好再起怨声。抱歉耽误您宝贵时间，拜托多多关照案件，感激不尽。

"鹿野大人说了什么？"

本城的声音让江藤一下回过神，抬起头。

"伏见那边要多花些时间。他暂时不回来，委托我负责查案。"江藤漫不经心地答道，将纸片塞给本城，"我要回房思索，有什么新发现你再来报告。"

说完，江藤板着脸离开证物室。他在走廊里疾行，至于案件早被他扫进头脑的角落。

他现在能想起的，只有师光曾经投来的、夹杂着惊愕与绝望的目光。

五

浮云打薄的日光中，樱花如白雪飞舞。由罗仰头静静凝望落花之景，丝毫不想拂落停在黑发上的花瓣。

事件已过两日，可搬离宅院后该去哪儿由罗仍无主意。她也自觉眼下的安稳不过暂时，依旧没有行动的气力。

不过轮班搜查的巡警着实少了。这起案子终于要以单纯的暗杀事件接近尾声了吧。虽然那个叫江藤的浑身散发着不容小觑的气息，但由罗几度思忖己方计划，都没找到任何关键疏漏。唯一挂怀的那把卧室太刀，昨晚也趁巡警走后磨过一遍，如今刀刃光亮如新。

风儿旋转，卷起地面落樱。由罗按住翻飞的袖子，抚摸头发。空望着落在掌心的淡粉色花瓣，由罗的心底突然沉重起来。一切都是虚妄。一种想要破膛而出的情感正逐渐抬头。

"那个……夫人。"

背后传来声音。她转身，一位临时雇来的女佣面露难色地站在身后。

"司法省的人上门求见,说找夫人有事。"

那人又来了。由罗粗暴地扔掉花瓣。

江藤新平在里屋卧室抱着胳膊,隔着敞开的拉门眺望东庭。室内不见本城和巡警。由罗步入房间,屈膝跪坐于江藤面前。新换的榻榻米色泽青翠,散发着灯芯草的香味。

"还有什么需要调查吗?"

"正是。"

松开双臂,江藤看向由罗。

"查得好的话没准能捉住凶手。"

由罗歪头不解。

"是我听错了?贼人不是已经死了?"

"谋杀那三人的就是你吧。"江藤平静地开口。

由罗紧盯他的面容。

"不好意思,您说什么?"

"我说炮制本次事件之人就是你,错了吗?"

"滑天下之大稽,"由罗起身,"我没时间听你胡言乱语。不好意思,失陪了。"

"之前我一直觉得是你和四之切勾结。待四之切杀了日日乃和五百木边,你再用枪干掉他。"江藤冲着就要离开卧室的由罗的背说道,"前面说过,库房有食物,说明此地有人协助四之切。但如果日日乃是帮凶,谋杀的顺序便不合理。况且她是在自己房间被杀的，如果四之切想杀人灭口，应该是她去库房时就行凶，那里机会多。"

"光凭这一点理由，你就认为是我怂恿那男人杀了老爷和日日乃？"

看着由罗的白眼，江藤摇摇头。

"日日乃和五百木边都不是四之切杀的。杀害那两人的也是你。"

江藤淡淡的语气中，由罗突然不再说话。江藤开始在房间内踱步。

"假设四之切是凶手，杀人顺序是日日乃在前，五百木边在后。那么问题在于他杀完日日乃，从女佣房出来以后，没在走廊中留下血迹。也就是说那家伙杀过女佣擦干了刀头上的血，收刀入鞘，这才来到里屋。当然如果不擦血，血液沾在刀鞘里会妨碍下一次拔刀。对于武士来说这是基本常识，所以四之切也随身备着草纸。"

"那又怎样——"由罗语塞了。

江藤见缝插针地续上话头：

"整个宅子里可是一张沾血的草纸都没有发现，反倒是在日日乃的盖被上有擦拭状血痕。这是怎么一回事呢？为何四之切放着现成的草纸不用，特地使用被子擦刀？"

"顺手呗。这有什么好大惊小怪的？"

原以为这抹血痕混进其他血迹不会引人注目，可现在已追悔莫及。

"日日乃那边姑且不论，问题是五百木边的被子上也有同样的痕迹。四之切刺杀五百木边后，不是立马被你击毙了吗？那他怎会有时间擦刀呢？所以——"

江藤伸出两根指头。

"只有两种解释：一、四之切杀完五百木边，又用被子擦完刀后才被你一枪打死；二、某个没带草纸的人举刀杀害了日日乃和五百木边。前一种情况说明你在枪击四之切一事上做了伪证，后一种情况说明下手之人就是你。"

由罗笑了，笑声中带着嘲讽。

"荒唐。谁知道那血痕是不是刀落在被子上时蹭到的。"

"你觉得这个说法可能吗？"

"那你又如何笃定我是凶手？"

面对由罗的反诘，江藤盯着眼前的女人。

敞开的拉门外吹进一阵凉风。待室内重归宁静，远处传来鸟啼。

"四之切他什么都不知道吧。"

江藤低声打破沉默。

"杀完五百木边和日日乃，你亲自去见藏身库房的四之切。一心杀人的他冲进卧室，却发现了五百木边的尸体。而你趁他惊骇之际，开枪击中他的胸膛。"

嘴角还带着笑，由罗缓缓摇头。

"或许确实说得通,可这全都不过是江藤先生头脑中的想法,不是吗?如果真的是我杀害了五百木边和日日乃,那么杀人的刀又在何处?"

江藤指着壁龛中供着的太刀。

"你不会是想说那把刀吧?"

"不然呢?"

"无聊。任你查看。"由罗冷漠道。

江藤不动神色地走近壁龛,抓住白木色的刀鞘,噌地抽出刀来。他高举刀身,视线快速扫过刀尖刀背。不过在由罗看来,白亮的刀刃纤尘不染。

"如何?满足了吗?"

江藤并不作答。他的视线不知何时从刀身上移开,看向手边的刀鞘。

"我再问一遍。事发当晚,谁也没有碰过这把太刀,对吗?"

"当然。"

"那么这个怎么说?"

江藤转身,伸刀鞘于由罗鼻前。

由罗屏住了呼吸。眼前的刀鞘洁白得没有一点——不,仔细看去,白色的刀鞘上沾了一片同色的纸屑。看着发僵的由罗,江藤伸出食指和拇指,缓缓剥下那片东西。

当头一棒。那是樱花花瓣,而在花瓣之下,残留着鲜红的污点。

"这……"

黑暗中挥刀的自己，从刀身飞溅到白木鞘上的一滴鲜血，应枪声缓缓颓倒的左近，还有偷落在他身上的一片花瓣。由罗失语的脑海里，几幕场景如走马灯一般旋转。那时太刀放在哪里了？啊，被子旁——

"那一晚，血沫并没有飞溅到壁龛。而且刀鞘粘着花瓣的那一面还冲向墙壁。无论怎么想，供在壁龛里的刀都不会粘上血痕和花瓣。除非事发当晚这把太刀被人动过。"

江藤收刀，放回壁龛。由罗不看他的背影，而是面色苍白地兀立原地。虽然脑袋里还在思索必须说点什么，但张开的口中除了颤抖的呼吸，什么也发不出来。为什么昨晚没有注意到呢？只有后悔浮上心头。

"我不知道你是从哪里结识四之切的，不过他这颗烟幕弹你用得不赖。"

江藤的声音听着好远。

"听说你是从岛原被赎回来的，就这么恨五百木边吗？"

由罗没有说话，江藤再也问不出什么。

"过来。"

垂头丧气的由罗手臂突然被捉住。茫然回头看去，原来是身穿警服的本城严肃的脸。在他身边还站着两名穿着同样制服的巡警。

手臂被冷不防地一拽，由罗不由踉跄了一下。江藤面向室外，低声嘱咐本城：

"这女人完了，且让她最后补个妆吧。"

本城睁大了眼。江藤瞥了一眼由罗的脸说道："当然，如果你不愿意那便罢了。"

本城不情不愿地松开手。由罗转向江藤，微微一低头。

"感谢您的好心。"

由罗抬起头，江藤依旧背对着她眺望窗外。

由罗合上身后的拉门。隔着门还能听见看守巡警的嘀咕。她踩着不安的步伐，在小窗边的梳妆台前跪下来。

取下梳妆台上紫色的盖布。光洁的镜面映出的是自己白纸似的脸。

由罗笑了。江藤问她有多恨五百木边，实在可笑。

怎么会呢？由罗闭上眼。她真正想杀的不是五百木边，而是左近。由罗为了杀死四之切左近，这才利用了五百木边典膳的性命。

"你已经不是以前的四之切左近了。"

她的呢喃，自然而然飞出双唇。她的心里又浮现出重逢之夜，那个瘦弱得连刀都握不稳的左近。那样羸弱的身躯，又怎能斩杀得了五百木边？由罗明白，伤感地明白。

"那为何你还要……"

幽深的叹息中，由罗双手覆面。她必须阻止左近，哪怕是夺去他的性命。不是为别人，正是为由罗自己。由罗绝不希望左近落败，但若败局出现在眼前——想到这儿，她再也忍不住了。曾经对左近怀抱的憧憬，而今是她弥留心中最后的维系，绝不能再被毁坏。

左近也知自己的身体早已逼近极限，可他没有动摇决心。到底是相信会赢下决斗，还是求死于仇敌刀下呢？现下已无从知晓。

由罗曾无数次安抚左近。可当左近得知五百木边即将升官进京之时，一切都晚了。他全然不听由罗的劝说，一直拖到最后那一晚。

当然，由罗也可以单杀左近，只消在送去的饭菜里下毒，便能轻易得手。可她想帮他实现临终夙愿。即便不是他亲自动手，但在旁人眼中是他四之切杀了五百木边，多少也能告慰那个男人的亡魂了吧。事到如今，左近在由罗眼中也只配得这一点同情。

所以由罗杀了五百木边。她对他说不上恨，正如她原本就对五百木边不存感情。至于日日乃，那是必死的"内鬼"。

"而我……"

掩面的双手松开了。由罗拉开梳妆台的抽屉。

胭脂小盘、水罐、包漆眉笔……旁边还有一个陌生的紫色包裹。由罗讶异地拿起包裹。沉甸甸的分量，坚硬的手感，包裹里的东西她很熟悉。难道——颤抖的指尖挑开布角，里面是一把黑得泛光的手枪。

"为什么……"

没有看错,这把手枪正是当晚夺去左近性命之物。可它不是当作证物没收了吗?怎么会在这儿?

她隐手枪于拉门阴影之中,亲手确认弹夹。只有一颗子弹。

攥紧枪把的手慢慢地渗出汗来。由罗轻轻地把枪放回抽屉。胭脂盘和眉笔在右,黑色手枪在左。沉默地盯着两边,由罗再次回想起自己犯下的罪。

由罗不会原谅左近。她心中那个无比珍视的男子汉正在被眼前的左近毁坏。不可原谅。

若说过去的左近,绝不会定下如此莽撞的计划,更不会冷漠拒绝由罗的请求。让由罗绝望的不是左近负伤,而是他的心已极度荒蛮。这令由罗悲寒,于是无法原谅。

所以我杀了人——由罗笃信,若能保住往昔憧憬,就算失去恩主,重堕风尘,心中的自豪也定能支撑她活下去。

所以她现在一点儿也不后悔。这双手确实沾过鲜血,但为了守护心中荣耀,又有什么好后悔的呢?扣动扳机时,由罗没有片刻犹豫。那一晚,从开始行动直到扣动扳机,由罗的心都没有动摇过分毫。

扬起脸,由罗小声道:"不悔。"

看着镜中人寂寥的微笑,由罗对她说。

她的手慢慢地,伸向胭脂盘。

六

"江藤先生。"

江藤转过身，茜红色的余晖照进府厅长长的走廊。一个罩黑羽织，穿和服的人影携一把雨伞立在走廊对面。

"鹿野君。"

人影低下了头。

"我从伏见回来了。在本城那里大概了解了一下。您多费心了。"

沐浴着夕阳，师光身上被染得黑红斑驳。江藤严肃地看向他："冲牙由罗比预想中更配合。这样事件也结案了吧。"

"那再好不过了——对了，本次报告尚有两三点亟待确认。就在这儿耽误您片刻可以吗？"师光露出沉稳的笑容问道。

江藤表情不变，无声地点点头。

"首先……江藤先生摸清杀人顺序时就注意到这不单是一次暗杀。那么您是何时察觉冲牙可疑的呢？"

"一开始。"

江藤理所当然的语气让师光瞪圆了眼睛。

"一开始……发现尸体的时候？"

"是遇到那女人的时候。"江藤平静地纠正道，"冲牙出门向本城求救。可是仔细想来，此时便有古怪。为何她坚信我与本城不是跟四之切一伙的呢？"

"啊啊。"师光发出领悟的感叹。

"当晚本城身穿纹服①，一眼辨不出他是巡警。而且大门打开时，他正好拔刀向前。遇见这样的架势，一般人自会认定那是贼人同伙，唯恐避之不及。可冲牙却毫不犹豫地朝他求助。那时我便暗觉不对：莫非此女预先知道我俩不是贼人同伙？后来我又问过她是否认识本城，她说不识，于是这加深了我的怀疑。"

师光两手一拍。

"不愧是江藤先生。确实，由罗明知广泽参议事件却不设防，着实不自然。哎呀，真是精彩。不过——"

师光目光一闪。

"若果真如此，打从开始便觉冲牙可疑，那为何不立刻逮捕呢？"

江藤皱起眉头。夕阳更沉了，不知不觉间，师光的脸已完全没入阴影之中。声音继续从昏暗中传来。

---

①纹服：印有家纹的和式礼服。

"司法卿嘛,就应该不择手段,就应该大大方方抓了冲牙,外加一顿严刑拷打拿到口供。江藤先生,为什么你没这样做?"

"胡闹。"江藤啐了一句,"你最了解我。我正是因为受不了刑讯逼供才创立的司法省。"

两人之间穿过一阵寒风,扫得庭木沙沙作响。

"说来那道伤是怎么回事?"

江藤突然揪紧左手拇指心想:他意识到我藏在袖子阴影中的手臂了?可从师光的位置应该看不到那道伤口才对。

中计了。江藤不由得咬紧牙关。师光踏出一步。他的脸再度染成朱红色,只是不再有笑意。

"五百木边的刀鞘上残留着的鲜红血痕,还有正好盖住血痕的白色樱花瓣。我从本城那里听说,这两样关键证据定了冲牙的罪……然而,奇怪了。"

师光直直地看向江藤。

"事件已过两日,为何血迹依旧鲜红,花瓣也不枯萎?"

江藤不再掩藏拇指。他左手拇指指腹赫然留有一道新鲜的割伤。

师光面露哀愁,深深叹息:

"另外我还从本城那里听说,逮捕之后,由罗在梳妆台发现了手枪。"

他阴郁的双眸盯紧江藤。

"枪是证物，由府厅严加保管。本城和几位巡警做证手枪昨晚还在证物室。如此说来，手枪是在今天，你们抓捕由罗时带出去的。"

江藤低声笑道："你想说是我干的？荒唐，我这么做有什么好处？"

"如果冲牙用了枪，那么五百木边事件便会以凶手自杀作结。没抓住凶手自然是失败。作为事件总指挥的江藤先生当然会身披骂名，而身为案件搜查负责人的我，司法顾问鹿野师光必然要负不可推卸的责任。"

江藤的目光投向庭院。染红的树木之间，黑暗正在迫近。

"那些弹正台转来的人，定会如对待匪首一般折磨我吧。这样的失败太过严重，就算是太政大臣亲命，我也会被革去顾问一职，打回司法省。江藤先生，为此你才特意偷出手枪，放回冲牙的房间，对是不对？"

"胡说！"江藤喷出干哑的一句。

视野角落里，师光摇摇头。

"你是个聪明人，从五丁森案时我就知道。为达目的不择手段，吃不得一点亏。为了你的理想，或许不得不这么做吧，我懂。只是……"

师光小声道："做得太过了，你呀。"

师光缓缓背过身。

"喂，鹿野君。"

江藤不禁想冲过去。但伴随着划破空气的一声，一道金光飞到他眼前。师光转身，机关伞中拔出的刀刃直指惊讶地呆立原地的江藤的喉咙。

"你、你——"

江藤凝视着师光。

"我和你，已经不是同路人了。"

刀锋朱色闪耀。保持着亮剑的姿势，师光低声说道。江藤屏住呼吸。

"记住，下次见面，你我便是敌人。"

缓缓放下手臂，师光低头收刀入伞。江藤僵住的面颊上，滑下一道冷汗。

师光再次背对江藤，缓缓前行。江藤想挽留，但舌头硬得动弹不得，只得呆呆目送师光的背影在暮色中走远。

而后，佐贺之乱 ————

一

明治六年（一八七三年）十月，东京太政官。五名参议带头，共计五百多名官吏军人一齐下野。

这起被后世称为明治六年政变的事件，源于征韩派和内治派之间的斗争。"是武力攻破朝鲜国门，还是优先发展经济产业，走富国强兵路线"，一直是征韩论争的主题。

维新之后，朝日交恶。

明治元年，在木户孝允的提议下，京都太政官早早地向朝鲜致函，宣告新政府成立的同时也表达了建交的愿望。日本国重新开始，当务之急是和邻国保持好关系，此乃外交常识。

在赴朝使节的人选问题上，新政府选中长期负责对朝外交窗口的对马藩宗氏，并以最大限度的礼节向朝鲜发出王政复古的通告。然而令人意外的是，朝方的回复近乎拒绝。对于以锁国攘夷为治国方针的朝鲜来说，日本这个恬不知耻的邻国放弃了德川三百年旧制，换上蛮夷的那套东西，只配获得侮蔑。

之后日本又曾数次对朝派去使节，但个个都吃了闭门羹。相反，朝鲜倚仗背后清帝国的强大力量再三愚弄日本。日本国内讨伐朝鲜的呼声日益高涨也在情理之中。

那时候，内治派的岩仓具视、大久保利通正率领使团访问欧美。留守政府中，萨摩的西乡隆盛和土佐的板垣退助等人愤慨于朝鲜的无礼蛮横，扬言要用武力让他们长长眼。

内治派当然也推想到这一事态，所以大久保在出国前便警告太政大臣三条实美：不管内政外务，重大事件统统不准推进。可这位优柔寡断的贵族政治家无力压制维新群雄。正当内治派在欧美各国接受近代化启蒙之时，说话间国家的舵盘便打向征韩一方。即使在岩仓和大久保回国之际，征韩派还想派遣全权大使出访朝鲜，万一朝方对大使无礼，便有了讨伐的借口。

虽然内治派竭尽全力想挽回局面，但为时已晚，内阁会议上也通过了派遣公使的决议。一切看似征韩派大获全胜，但在十月十七的深夜，事态剧变。三条倒下了。

端坐政权头把交椅的这位皮肤白皙、诚实又胆小的太政大臣一直饱受两派指责。岩仓和大久保质问他凭什么允许征韩派擅自行动，而西乡和板垣则天天逼他赶紧出兵。三条熬空心血，不堪憔损，终于在十七日晚身陷昏迷，不省人事。内治派以此为契机发起反攻。

政府二把手、代理太政大臣岩仓当即前往太政官，对紧急召集的众参议高声宣布：

"我这就进宫，带着派遣公使的决议呈报天皇陛下。但正如本人再三所言，我反对对朝派遣公使。所以我会将你们的意见连同我的意见一并上报，交由圣上裁决。"

征韩派大吃一惊，谴责其独断专行。谁知岩仓油盐不进，最终两派决裂。从结果来看，公使访朝被无限延期，内治派逆转乾坤，快人一步解决了征韩论争。

厌倦官场的西乡见状辞去官位，板垣等其他征韩派参议也相继离开政府——而这其中正有原司法卿、参议员江藤新平的名字。

二

明治七年一月十三，东京大名小路司法省内。

"你们没能留住江藤君？！"

司法卿大木乔任那硕大的拳头重重砸在办公桌上。西洋桌对面三名部下在大木的怒吼声中不禁站得笔挺。

"真、真是抱歉。就差一步，让他上了轮船——"

"知道这意味着什么吗？如果现在江藤回到佐贺，那就免不了要打仗了！"

平时温厚的大木如今态度一变，三人大骇。大木大手扶额，深深叹息。

辞去参议员职位的江藤说出要回乡时，同为佐贺出身的大木曾经劝过他，想让他改变想法。

当时佐贺一群旧士族极度不满政府方针，反复在县厅挑起小型冲突。他们自己也分为忧国党和征韩党，兵戈相见估计只是时间问题——不光大木，东京太政官里经过冷静思考，也如是判断。

如果与政府割席的江藤现在回到佐贺,将会发生什么?明显会被愤愤不平的士族抬起来,作为反抗的棋手。大木苦口婆心地劝他别回老家,但江藤对他的忠告只是一笑置之。

"你多虑了。我江藤新平怎可能那么轻易被人说服?莫担心,我回佐贺就是为了安抚他们的。哪里会有灭火的反倒着火的道理?"

大木完全理解江藤新平其人是当代首屈一指的理论家,也确实不会接受旧士族的挑唆。然而这并不代表他完全放心。

像是教诲黑着脸抱着胳膊沉默不语的大木,江藤的语气也稍稍和缓下来。

"还有陆军省的那帮人,为了镇压佐贺还向熊本镇台增兵。真是愚蠢,根本不用派出那几百士兵,就凭我一人过去,事儿就了结了。佐贺不会乱,不,是我不会让它乱。"

最后大木妥协了,但他心底还淤积着不安。所以当得知江藤告病还乡疗养时,大木连忙派部下赶往横滨港,即使手段强硬一点也要将其挽留。

"有两人已经搭上下一班船去追江藤阁下了。虽说海上肯定追不到,但能保证在阁下下船后追上他。"

一名部下诚惶诚恐地开口。

"去查一下江藤君那班船的中途停靠港,并给当地职员打电话。别说得太细。下达追踪指示之后，让他们随时待命。"

接到大木命令，部下们匆匆奔出房间。

无人的办公室里，大木又叹了口气。现在能安排的尽量安排上了，可下一步该怎么做，大木不知道。一旦江藤离开东京，大木想不出该如何再拉他回来。

无论用上多快的骏马，想从陆路赶到江藤前头绝无可能，因此大木唯一能采用的办法只有派出司法省职员在轮船经停处守着，利用轮船靠港的短暂时间说服他。可是无论派去的官吏有多么能言善辩，想让那个江藤新平改变主意还是不可能。动武强行把江藤从船上拖下来呢？也不行。一旦发生骚乱，厌恶下野的征韩派参议的大久保等人还不知会生出什么事端。

大木低吟，抬头看向天花板。

可因为某个事件，形势又一变。

翌日，一月十四当晚，太政大臣代理岩仓具视在赤坂临时皇宫上完奏折，于归途中遭刺客袭击，世称赤坂喰违之变。

好在岩仓趁夜色脱逃，捡回一命。可是不平士族已经开始行动的势态让政府大受冲击。大久保见事态严重，启动早就备好的预案，命令东京警视厅于翌日全力追查刺客行踪。

"为了找出凶手以及是否存在相关人员，警视厅正逐一摸排事件发生前后离开东京的客轮和人力车。显然，江藤阁下的轮船在神户港也要接受检查。"

听到部下的报告，大木不禁一拍大腿。停泊时间延长，劝说的时间也会增长。甚至视情况而言，大木亲自跑一趟神户也不是不可以。

"等等，神户？"

大木脑海里浮现出一个男人的面容。在距离神户颇近的京都，有个人曾在江藤手下工作过，现隶属京都府，担任司法顾问。大木也认识他，他偏偏能降住这个太政官里罕见的傲慢无礼、不善交际的江藤新平。如果能让他出面做做思想工作，或许会让江藤放弃回乡的念头。

"立刻给京都府的鹿野师光拍电报！"

三

一月十五，夜，京都府厅顾问室。玻璃油灯昏沉沉地照亮房间，也映出室内两个男人的身影。

"据先遣部下报告，今天下午江藤先生离开神户。"

鹿野师光深陷洋椅，慢慢抬头。巡逻队大队长本城伊右卫门肖然立于门边。

"等不了开船，所以他走陆路去佐贺了吗？"

"没有，"本城摇头，"江藤先生反而要来京都。大概是想辞官后来打声招呼吧，恐怕中途会住一晚，大概明天到。"

师光闭眼沉默半响，最后只说了一句"取消神户之行"。

——还要来找我？行吧。

他微微睁开眼，从成堆的文件中抽出一页纸。这是东京司法部大木乔任发来的电报，里面简述了江藤下野的经过。

"反正我说过再见面便是敌人。"

师光看也不看满脸讶异的本城，将电报放回桌上。

"蠢货。"

师光深深靠在椅子上，自语道。

四

一月十六过午，江藤独自走在京都六角通府立监狱西区牢房的狭长通道。

林立的老旧铁格内依旧不见人影。高窗射下的白阳让牢舍更冷一分。

江藤自然而然地叹了口气。想起最近眼花缭乱的骚动，这里能给他带来久违的宁静。

一系列骚动完全出乎江藤的预料。

对于以扩充国内法律制度为第一要务的江藤来说，朝鲜问题如何解决与他无关。可那帮人不由分说地把江藤拉入征韩论争，挑起两派矛盾，为的是将萨长那拨主流人员逐出政府。从结果看，萨长势力确实被大幅削弱，但代价是江藤无法抽身。在西乡和板垣递交辞呈之时，同样身为征韩派的自己又怎能在政府独活？

江藤根本没打算下野，他手头还有修改编撰各种法律，确立司法制度等一大堆未竟之事。而他还自负除自己之外没人能完成如此浩大的工程，就算辞了太政官，政府也会立马再求他上任。

大木等佐贺派官员则一直想阻止江藤回乡。佐贺的旧士族确实有了叛乱的兆头，很容易想象江藤如果回乡，对方肯定有意与之接触。可是江藤却视之为绝好机会。

当初请辞参议之时，江藤确实想回佐贺休养。虽说没有拖垮身体，但还是积攒了一些疲累。回乡泡一回嬉野温泉松松筋骨也是好的。

对于义愤填膺的不平士族，江藤没半点兴趣。即便提议起兵，也不改对方是一群血气冲昏头脑无知之徒的本质。对付他们如掰开婴儿拳头一般容易。

江藤有个计划。若能用口才平息士族的不满，那么在政府眼中，他江藤岂不是更有价值？自己在休息之余，还能为重回太政官当参议添砖加瓦，两全其美。

所以他下决心回佐贺，如果再加个牵强的理由，便是大木那些人告诫的口吻他不喜欢。他当然知道那些忠告出于善意，可那种宽慰他辞官的语气让他气不打一处来，反而更坚定了他回乡的决心。

订好西下开往长崎的轮船，江藤带着两名书生前去横滨港。

江藤选择海路有两点原因。其一是海路比陆路快，万一还没到家，家里就开打了，那他苦心经营的计划就泡汤了。

二是如果走陆路，势必会经过京都——经过鹿野师光的地盘。

诀别时那直指喉头、闪着光的刀刃至今仍烙在江藤眼底。

江藤信奉自己的正义，想必师光也一样。师光怀抱的正义是什么，江藤不知。只有一点可以肯定，那条路和江藤的路注定殊途。

江藤本也不求别人能理解他。与其跟在别人后头亦步亦趋，还不如一开始就独行。即使对面是师光也一样。

另一方面，江藤和师光曾同在司法省共事过。那段日子藏在心里着实是份牵挂。江藤自知性格傲慢，但师光仍愿意与他交往。江藤现在才感到了一种混杂着寂寞的惊讶。

为了平复内心思绪的旋涡，江藤选择海路。

可是到了神户，他又动摇了。从官员上船告知岩仓遇刺，以及延长停泊时间进行调查后，江藤的脚步自然转向了前往京都的人力车行。虽然官家有令全员港口待命，但面对前参议江藤，他们也不好强硬。江藤也不理睬对方，安顿好两名随从后只身出行，在山崎村住过一晚，于次日到达京都。从府厅得知师光现在要和本城一起提审犯人后，他也追着两人的脚步来到监狱。

到达监狱后，江藤首先拜访了署长万华吴竹。利用师光审犯人的时间,他获得了进入监狱西区牢房的许可。除了正在西区某个房间里审讯的师光以外,那里还有个江藤想见之人。江藤谢绝了万华的陪同,拿来监狱大门钥匙,独自走进西区。

江藤走到通道尽头,在牢门前站定。

"哟,稀客啊。"

昏暗的牢房里传出沙哑的声音。

保持着单膝跪地的姿势,大曾根一卫微笑着抬起头看向江藤。

"听府厅说你还活着。我还以为你早被处决了呢。"

江藤捂住腰际,后退半步,与牢格子拉开些距离。这是万华提醒他的:不要被他隔着铁栅栏夺刀。

"我死了,有一群人也不好过。直到上个月我都在奈良。"

江藤再度观察起若无其事回答的大曾根。虽然他灰发蓬乱,面容污黑,但不变的是他强健的体格。

"太政官的大老爷专程找我有何贵干?"

"贵干谈不上。只是来看看你狼狈模样的。"

东京的征韩骚动和江藤下野两件事,大曾根应该不知道。

"是嘛。"大曾根扬声笑道。

俯视着大曾根,江藤想起此人和师光交情颇深。

"喂,大曾根。"

一晃神,他已经开始发问了。

"在你看来,鹿野师光是个什么样的人?"

大曾根讶异地看向江藤的脸。一番逡巡过后,江藤接道:"他的正义——鹿野师光信奉的正义是什么?"

大曾根靠着背后的墙,死死盯着江藤。

"怎么突然问这个?"

大曾根饶有深意地嘴角一歪。江藤盯着大曾根片刻,转身背对牢门。他感觉到自己多少在期待着些什么,有点愚蠢。

"有罪必罚。"

大曾根的声音冷冷地飞向江藤将要离去的背影。

"师光曾这么说。只有这一点他从没改变过。"

见江藤转身,大曾根语带揶揄地继续道:"嘿,江藤。一阵子不见,你倒有了血腥气了嘛。"

江藤表情不由自主地扭曲了,想回敬他一句,但口中发不出任何声音。

江藤双唇紧闭,再次迈开脚步。背后传来含糊的笑声,笑声越来越大,直到大得炸耳朵。

在响彻监狱的哄笑声中,江藤快步前行,再也没有回头。

监狱西区本身不大,但道路复杂。从监狱深处返回出入口竟花费了十分钟。

江藤面色阴郁地在通道里走着,拿出怀表对了对时间。

一点四十七分。万华说过,师光的审问应该在四十分左右就结束了。

承受着胸口的重负,江藤默默前行。就在这时,他闻到一股微弱的异臭,不禁停下脚步环顾周围。奇怪的腥气,江藤好像在哪里闻到过。

循气味而去,江藤来到一面拉门前,异臭正发自门后。门边挂着一块小小木牌,上书三个大字——物资室。

拉开门,没有采光窗的房间里一片昏暗。定睛看去,这个十叠大小的房间铺着木地板,地板上堆着一搂大小的行李和几只木箱。然而吸引江藤视线的是润湿了地板的大量血迹。空气中充斥着铁锈味,甚至还夹杂着一点烧焦的气味。

"这到底是……"

大量的血液从墙边几件黄色行李的缝隙中流出。透过缝隙往里看,一个男人正颓靠在墙,深埋着脸。虽不辨表情,但无须确认,那是一具尸体。

江藤伸长脖子细看男人模样。他的穿着让人感觉像过去的德川步兵或高空作业工人,上身贴身紧袖衫系腰带,下身长裤配皮袜。虽说一身黑衣不甚显眼,但好像衣服处处都吸饱了血。

江藤注意避开地板上的血痕,走近尸体。焦臭味更重了。

摸了摸尸体脖子,指尖感到的寒冷让江藤不由蹙起眉头。尸体虽见过不少,但仍然不能习惯。

江藤搬开行李，跪在墙边查看尸体的样貌，确认自己没见过此人。年龄四十过半，中等个头和身材，容貌也没有显眼的特征。张开的双目如今正看向脚边，喉咙里吐出的黑血黏糊糊地粘在嘴边。

扶起尸体，江藤调查起尸身。右侧腹有刀伤，将尸身向前倾斜，可见刀伤贯穿背部。除此之外未见他伤，这处刀伤很可能就是致命伤。

脏手指在衣裳上擦了擦，江藤站起身。白石灰的墙壁上绽开了一朵巨大的血花。血痕位置约在江藤的腹部，花一样的血痕下方还有一片向下的擦痕。

"正面中刀，再背靠墙壁瘫倒吗？"

江藤弯下腰，凑近墙上的血痕。仔细看去，血痕中心的石灰已经粉碎，露出一个小坑。坑里好像残留着什么，江藤用指甲抠了抠。随着簌簌而下的白石灰粉，一片银色的细小金属片掉落下来。

江藤盯着手掌上这片三角形的金属。闪烁着暗淡光芒的尖端很是锋利，像是刀的碎片。许是贯穿侧腹的刀尖借余势刺进墙壁，别断了吧。

江藤将金属片收进袖口，重新看向尸体周围。附近地面上有一把收进刀鞘的小太刀。这是凶器吗？江藤拾起刀拔开鞘，刀刃光洁，没有一丝血迹。

江藤又看向左侧行李。行李上有一方烧得漆黑的手巾，异臭大概出自于此。指尖一捏，焦黑的纤维便分崩离析，但手帕仍有多处带着湿气，没有烧尽。以指触之，指腹黑红。看来凶手正是用这块粗布来擦掉刀上血迹的。

江藤正查得起劲，突然回过神来，惊觉自己竟然擅自调查起凶案现场。如今已经下野的他没有这个权限。还是赶快通知万华吧。

正当目光离开手巾的一刹那，周遭光线一暗。就在江藤意识到是走廊里来人的同时，背后传来一个熟悉的声音：

"你在做什么！"

回过头，物资室的入口出现两个人影。穿着黑羽织的师光和身穿黑色队服的本城。

"啊啊，鹿野君，来得正好。我正准备向万华报告呢，你看，有人死了——"

"且慢。"师光狠狠打断了刚想踏出一步的江藤。

"你去看看他身后还有别人没有。"师光转身吩咐了些什么，慢慢转向江藤的方向。

"他不就是你杀的吗？"

本城快步走过失语的江藤的身边。

"不行了，没救了。"

本城惶惑的声音让江藤愈加混乱。

"喂，鹿野君，我——"

"江藤新平。"

师光的双眼，第一次看向江藤的脸。那是漆黑的、冷峻的视线。

"是你杀的吧。"

江藤咽了口唾沫。

"怎么可能……"

光是绞紧喉咙憋出这句就已用尽全力。

"本城，把这男的暂押牢里，再速派巡警来此调查！"

师光从江藤身上移开视线，硬生生地命令本城。

"可是鹿野大人，这……"

"这是命令！"

师光冷冷地盖过本城狼狈的声音，背向江藤。江藤被本城抓着胳膊，呆呆眺望师光那伴随着嗒嗒声远去的背影。

五

江藤抱着胳膊坐在监狱东翼昏暗的房间。

房间不足六叠，却因空无一物而显得格外宽敞。土墙包围的室内尘土飞扬，被磨得毛茸茸的榻榻米凉飕飕的。

"什么情况啊？"

江藤终于找回平静，摸着下巴自问。原参议的名头虽免去了牢狱之灾，但现在门外巡警把守，拉窗又设竹格，大小刀具、怀表在进入房间时悉数被没收，如此软禁和坐牢无异。

江藤却不打算逃跑。他不知道自己究竟卷进了什么事情之中，也不知道是否被人构陷，更不知那个被杀男人是谁。他可不是那种稀里糊涂就想着退出的人。

他回想起进入监狱西区时的情况。入口有两名守卫站岗，从监狱的建筑特征来看，外部人员想骗过守卫的眼睛混进监狱再摸到物资室极其艰难。所以稳妥的猜想死者应是一名职工，但他的衣服又和监狱职员迥异。

"打扰了。"

拉门后传来一个熟悉的声音，本城一脸困惑地走进来。

"好久不见啊，本城。"

本城沉默地在江藤面前坐下，低头道：

"您还好吗？僭越了，这次询问由我本城负责。"

"哦？鹿野君呢？"

本城点点头。

"死者身份须向太政官确认，所以他去河原町的西京电信局了。这期间，大人指示我来同先生问话。"

"那么尸体究竟何人，查到了吗？"

本城死死盯着探出身子的江藤：

"江藤先生。"

"什么？"

"老实回答我，那家伙是您杀的吗？"

"放屁，"江藤用力一咂嘴，"本城，你小子干巡警队长多少年啦？杀没杀人你还分不清？！"

江藤一声吼，本城浅黑的脸更加困惑了：

"江藤先生，那您知道被杀的男人是谁吗？"

"我怎么知道！"

江藤愤然地抱回胳膊。

"是内务省安保寮的密探，名叫吹上虎市。"

本城首先忍受不了沉默而开口。如此陌生的名字让江藤也挑起半边眉毛。

"很可能此人是奉命追踪江藤先生的。虽然还需内务省确认，但从他的身份证和随身携带的有关先生您的各种资料来看，应该错不了。"

仔细想想，内务省不可能放任一个有可能引发内战的前参议员不管。

"是这样啊。"江藤苦笑道，"你想说什么我知道了。那个叫吹上的，对我确实是个麻烦。"

对政府来说，这个随时可能与不平士族勾结的前参议员横竖都是个障碍，所以他们派出一名密探全天监视，在嗅到江藤对政府有一点害意之时便可跳出来直接关押江藤。不，如果是内务省，完全可以视情况捏造一个子虚乌有的罪名，甚至可能强行逮捕。在司法界浮沉多年，江藤这方面的眼力见还是很敏锐的。

"可是呢，本城，丢人归丢人，可要不是你告诉我，我还不知道自己被人跟踪了呢。就算我意识到被密探跟踪，也不会特地在这儿杀人啊。"

"这一点，您说得有理。"

"还有刀的问题。从刀伤可知，刺穿吹上的是一把长太刀。你去看看我的刀，有一点血迹吗——"

江藤说到这儿停住了。他想起了尸体旁遗落的手巾。

"这样啊。在旁人看来是我刺杀了吹上，擦完刀正准备离开现场？"

"是擦完刀，烧掉手巾，离开现场。"本城严谨地纠正道，"手巾浸过灯油，一点火，烧起来特别快。我们检查过先生的随身物品。您带了打火石，而且没带手巾。"

"开什么玩笑。现在又不需要擦汗，我随身带着手巾干啥？手巾在我行李里，现在还寄存在府厅呢。至于打火石，谁抽烟不带火石？光凭这一点就说我是凶手，你呀你——"

"当然不是。"

本城看向江藤，双眸暗藏难色。

"如您所知，西区牢房入口有两名守卫站岗。据二人确认，今天进出牢房者，只有江藤先生一人带了太刀。"

江藤哑巴了。本城嘴唇紧抿，再一次缓缓点头。确实，眼前的本城手无寸铁，师光和万华也只在腰间别了一把小胁差。以小胁差的长度，不可能贯穿人体。

"等一下，"江藤不由自主地一拍榻榻米，"就算只有我带了长刀，直接定我的罪也太鲁莽了吧。就没考虑过有人在西区牢房里提前准备长刀？"

"您说得不错。所以刚才我命二十名巡警在西区地毯式无死角地搜过一遍，但现在都没有报告。"

"人手不够呗。"江藤狠狠说道。

本城什么也没回答，只是沉默地低下头。

石人般沉默半晌，本城像下定什么决心似的抬起头。

"江藤先生，再问一遍。您真没杀害吹上？"

江藤无语地一声叹息。

"你真顽固啊。不是说了嘛，那人我都不认识。"

本城从怀中取出一张折起来的纸片：

"好。那么万一在西区监狱里找到了太刀，我本城伊右卫门就是凶手喽？"

"此话怎讲？"

本城在榻榻米上摊开纸片，静静推向江藤面前。

"请看，想必先生已经懂了。"

纸上画了四条墨线，杠子左边备注了人名。

"这是今天进出监狱西区几人的行动一览。分析每个人的行动，最后推出能够杀死吹上的，除了江藤先生就只有我了。"

直到吹上尸体被发现的中午一点五十分，出入监狱西区的人共有五人，分别是江藤新平、鹿野师光、本城伊右卫门、万华吴竹以及一个辅佐师光审案的巡警左近寺。关于门口的两名守卫，有多位监狱内部职工证实他们没有离开过自己的岗亭。

"而左近寺一直和我、鹿野大人在一起，没有过单独行动，所以可以排除嫌疑。"

本城粗壮的指头依次指了指四人的名字。每条横线是一道以十分钟为单位的时间轴，有些线段还特别用红墨水重涂强调。

"我按顺序说明。首先是十二点三十五分，江藤先生您进入监狱。从正门进入主楼拜访万华署长。几乎同时，我们三人从后门离开主楼，穿过庭院进入西区。"

"这里标红的线段是指每个人在西区停留的时间？"

本城垂眼看图，点点头。

"鹿野大人之后进入审讯室，我和左近寺一起前往深处的牢房。从牢房带回罪犯时，这里有标记，是十二点五十五分。"

"记得那么精确？"

"因为按照规定，审讯开始需记录时间，所以我也带着工作手表。回到审讯室时，鹿野大人告诉我江藤先生您也来监狱了。这条消息是万华署长来监狱西区告诉师光大人的。"

"是这样吗？"江藤扬起脸，"万华那家伙，看见我来十分惊讶。他说完'立刻去叫鹿野顾问'后拔腿就想跑。因为不想打扰你们工作所以我姑且叫住他，说自己想和大曾根一卫聊聊。万华丢下一句'总之您先在这里等等'后便走了。"

"万华署长进入西区的时间是十二点四十分。和鹿野大人在审讯室交谈过两三分钟便自行离开。登记簿上显示他离开的时间是十二点五十分。"

从西区入口到审讯室步行三分钟左右，确实和记录一致。

"之后进入西区的就是我咯？"

江藤微微歪首，似在回忆。

"万华回到署长室。我从他那儿拿到钥匙，独自来到西区。那时几点？"

"正好中午一点。"

本城指着纸面。江藤名字后的红色线段确实是从一点钟起始。

"之后先生的动向只能听您亲自来说，不过应该是和大曾根见面了吧。"

"对，我直接往监狱里边走，和那家伙谈了谈。"

"顺便问一句，您找大曾根有什么事情吗？"

"也没有什么特别的事情。怎么说呢，只是有点在意他。"

江藤避开本城的目光。

"我在大曾根那里待了大概三十分钟，具体情况你们跟他核对去。"

这时拉门开了，一名巡警脚步匆匆地出现在门口。屈膝行礼过后，他凑近本城耳边小声说了两句。

"知道了，继续搜。"

领命之后，巡警再次鞠躬，退出房间。

"发现什么新线索了吗？"

"我过后再说吧。先回到之前的话题，您和大曾根见面。"

"啊……"江藤点点头。

"从入口走到他囚房要十分钟，所以我大约是一点十分见到了他。之后说了三十分钟的话，离开时应该是一点四十分吧。不过我离开他牢房后看了一眼表，一点四十七分，所以我俩说话的时间应该再长一点吧。"

本城默默听着，表情暧昧。在没有其他证言的现在，他不敢全盘照收江藤的证词。

"你们那边呢？十二点五十分之后就一直闷在房间里审问吗？"

"不是，"本城摇摇头，"我出去过一次。从一点十分出去上厕所，大概有十分钟。厕所在出入口旁边。一点四十五分审讯结束，把罪犯送回牢房后，在回程途中发现了案发现场。"

江藤看回纸面。

"你们的行动我清楚了。那么……最关键的人反倒毫无头绪？吹上的行动路线呢？"

"我们没掌握他的行动。"

本城的面色严肃起来。

"因为他不是从正门进入的，很可能是从围墙翻进监狱。根据刚才得到的消息，紧挨着审讯室的储藏室窗户被打破。纵使这种事让我们颜面无光，但还是得说那家伙应该是从破窗潜入监狱的。"

"喂喂，这里可是监狱啊。怎么能让他这么轻而易举就进来了！"

本城叹了口气抬头往上看。江藤也跟着向上看去，天花板上散落着几块黑色洇渍，四角也层层叠叠结了厚厚的蛛网。

"昔日的六角监狱，如今就是这么个情况。没钱修缮，坐等荒废。虽说牢房区域严禁入侵，但从储藏室偷摸进来真不稀奇。那里的窗户破了，窗棂也烂了。"

本城慢慢收回视线。

"所以我们不知道吹上潜入西区的准确时间。可既然吹上是跟踪江藤先生，那么容易推得，他入侵监狱应在先生进入监狱大门，即十二点三十五分之后。而潜入西区也应该是在一点之后。吹上应是准备潜入主楼之时，看见先生沿着院子走进西区，这才改变了潜入地点。"

本城的表情好似能面，看不出一点感情：

"发现尸体的物资室正好在审讯室和入口的中间。无论从哪一边都要走上两分多钟。十分钟的空闲够用了。"

"等一下。如果吹上可以潜进来，那么凶手也可能作案后逃出去，对不对？"

"当然。可是这样一来无法解释为何要烧手巾。"

本城指尖点着纸面，在一点五十分那里画了个圈。

"下手之人如果也是外部侵入者，那么他擦过血迹之后应该把手巾一并带走，再不济也要当场丢弃，不可能浪费宝贵的逃跑时间去焚毁一条手巾。可现实中那人又是倒油又是点火，处理得很仔细，所以——"

"凶手是内部人员，他不能把染血的手巾带走，也不能放任不管……原来是这样。"江藤接着本城后头说道,"早知道我就把手巾带出来了。"

江藤低着头,嚓嚓地搔着头发。

"江藤先生,"本城端正了坐姿,"就指认我为凶手吧。"

本城的声音很沉稳。江藤的手停在脑袋上,什么也没有回答。

"虽然不巧,我没有带刀,不过只要西区里找到一把太刀,问题就解决了。没问题的。江藤先生,大木阁下来电报了,说今后的日本还得靠您——"

"本城,"江藤小声,却又坚决地打断本城,"我有事要同万华核对,让他直接过来。"

本城一脸茫然,慌忙起身,打开拉门让外边的巡警去叫万华。

"还有,大木君的电报是怎么回事?我没跟他说要来京都啊。"

"大木阁下当时派出去的人没赶上先生那班船,于是他当即给鹿野大人发了电报,希望他去神户迎你。"

关上拉门,本城再度跪坐在江藤面前。

"鹿野大人和我马上动身,可不巧府厅某位高官离奇死于自家仓库。因为要立即介入搜查,所以我先派了两名部下过去,这才意外得知先生已经在神户来京都的路上,于是就地等待。"

本城从怀中掏出一张纸。这时门开了,万华到了。

"久等了。啊,本城队长,刚刚鹿野顾问那边来了消息,说死者确系内务省密探。"

这位小个子老人双肩上下起伏,用袖口擦着额头的汗水跪坐下来。

"那么阁下,找我有什么事?"

江藤静静地向前挪了挪。

"万华,你进西区后跟鹿野君他们说了我到监狱了?"

"对,大概在十二点四十分。"

"那时候,你还说了我要去看看大曾根?"

一瞬间万华愣住了,接着重重点头。

"当然。之后他还要我给您带话,说'不要被他隔着铁栅栏夺刀',我也带到了。"

——那句话也是他说的?江藤扶额。视野一角,本城和万华面面相觑。

"原来是这样。"

当听见本城的事件概要时,江藤的脑中就萌生出一个推理。而今万华的证言再一次印证了这个推理。

"那个,江藤先生……"本城狼狈的声音响起,"究竟是怎么了,您明白了什么?"

江藤不理他的询问,左手离开额头,伸进袖里。指尖在布缝中滑行,很快便找到了那样东西。冷冷的铁的触感——

那片金属。因为下意识放进袖管，唯有这样东西没被没收。

手指摆弄着那片三角形，三角形的尖端刺进食指指腹。尖溜溜的疼痛感划过，刀尖吃进皮肉，锋利得惊人。

慢慢拔出手，左手食指已经鼓出红色的血珠。江藤默默地盯着那伤口："有罪必罚吗？"

他重新看向本城，用平静的声音命令：

"召集众人，我知道谁是凶手了。"

六

　　监狱主楼署长室内聚集着六个男人。江藤、本城、万华、巡警左近寺以及西区入口的两名守卫。

　　江藤一脸严肃地坐在万华的办公桌后，本城和万华默默分站两旁。白石、大下两名守卫和左近寺一共三人不知所措地立于门口附近。

　　谁都没有出声。只有不知何时飘落的小雨传来淅淅沥沥的雨音。

　　不知过了多久，房门一响，打破室内充斥的沉默。门口出现了一个男人。

　　"都在等你呢。"

　　江藤十指交叠在面前，低声道。

　　"本城，我叫你审他，可没准许你胡来！"

　　鹿野师光一脸不快地抱起胳膊。

　　"那么，你费力把我们召集过来是想干啥？"

师光抱着两条胳膊，背靠在门边的墙上。江藤直勾勾地盯着师光，双手放在桌上。

"了结事件。我知道是谁杀害了吹上虎市。"

"那倒不错，你若自首能省去我们不少工夫。"

师光冷冷一笑。

"本城，最后在监狱西区搜到太刀了吗？"

突然被叫到名字的本城直立不动地回答了江藤的提问："没有，目前还在搜，但直到现在都没有发现。"

"好，"江藤又望向师光，"顺便问一下，本城啊，你们怀疑我是凶手的根据是什么？"

"别演戏了好吗？这不像你。"师光不耐烦地摆了摆手，"首先，吹上潜入西区监狱是中午一点钟以后，那段时间有过单独行动的只有你和本城。而带着长刀能刺杀吹上的只有你一个人。问题很简单：杀死吹上的正是江藤先生，只能是你。"

"不对。这条推理完全无视了另一种可能性。凶手候补里，还有一个男人。"

江藤慢慢起身。

"你推理的前提是认定吹上虎市潜入监狱西区的时间在一点以后。可这个前提对吗？"

"请等一下。"本城慌忙出声，"如果没看见先生进入西区，那家伙也不会潜进去。这不是毋庸置疑的吗？"

"对啊，"江藤附和道，"鹿野君在西区审讯。大曾根关押在西区牢房。这些事都是我来到这里后方才知道的。在府厅，我确实得知大曾根关押在本监狱，于是随口说想会会他。可是就算吹上从府厅什么人那里得知了这条消息，又知道大曾根的所在，他也不会潜入监狱西区，而应该在主楼等我。所以如果吹上的目的在我，那么他不可能比我先到西区。嗯，以上的前提为我是吹上的目标。那个，鹿野君——"

江藤双手支在桌上，正面看向师光。

"吹上来此是不是为了和你见面？"

"内务省的密探来找鹿野顾问？这究竟是怎么回事？"

万华看了看江藤，又看了看师光。

师光耸耸肩："署长说得对。能解释一下吗？无缘无故地冒出一句，我也不懂是什么意思。"

"很简单。鹿野君，谁能想到你也是个名人。"

江藤竖起右手食指，在署长室里徐行。

"本该回佐贺老家的江藤新平调转方向前往京都。那里有个人曾在江藤手下工作，后来甚至把三条公卷进来，只为离开江藤麾下。如果江藤的目的就是这个男人，作为监视者，他一定也非常在意吧。"

似乎不知师光就任顾问的内情，本城和万华同时一脸震惊地看着他。师光依旧抱着胳膊，什么也不说。

"在我离开神户时，吹上或许也在思考吧，而他的疑虑在我走上西国街道行往京都时变得确信。他或者早一步从山崎出发，或者一路跟踪我到达府厅。总之，吹上虎市快我一步进入了监狱。"

"之后他见鹿野顾问进入监狱西区，便从储藏室的破窗翻进监狱？怎么可能！如果想和顾问交谈，等他审问完，交谈机会要多少有多少，为什么要选择这么危险的方法？"

"但吹上就选择了这种方法。他也有必须这么做的理由。"

江藤站定，看向万华。

"那家伙的目的是监视我，只要发现有一点对政府不利的举动便立刻将我逮捕。而那家伙不知道我见鹿野君的目的，是单纯的辞官后的问候，还是别有企图。如果是后者，对于吹上而言那正是预想得以实现，于是接下来的问题是鹿野君的立场。"

江藤缓了口气，用舌头舔了舔嘴唇。想来长篇大论说得有些口干。

"明治六年一月，鹿野君突然离我而去，来到京都担任司法顾问。你们可能不知道，牵扯太政官和三条公，引发大骚乱的正是这个男人。"

"啊啊，"本城面色苍白发出呻吟，"也就是说吹上估量过江藤先生和鹿野大人的关系，想着如果可能，他会笼络鹿野来陷害先生。"

江藤慢慢点头。

"如果鹿野君现在不喜欢我,但我没有察觉,仍将他视为旧日同志,透露自己的企图,那么对吹上来说这可是千载难逢的好机会。因此他时间紧迫,必须要赶在我之前和鹿野君碰面,以确认鹿野师光是否是构陷江藤新平的绝佳人选。"

"辛苦你了,说了一大堆没用的东西。"师光仍倚靠墙边,语带厌倦,"没有证据的话则全是臆想,结果你想说啥?"

"打破前提。"江藤低声道,"我想证明的是吹上应该在一点以前潜入监狱西区,具体时间段是从你进入西区的十二点三十五分到一点之间。而凶手的人选也不止我和本城,还有两人——万华和你。鉴于进出时刻和你审问的时间段,万华没有多余时间进入物资室,所以问题变得单纯了,在剩下的凶手人选中,鹿野君,只有你。"

师光的眼神一下凌厉起来。

"本城和巡警同去领犯人之时,万华前往审讯室和你见面,时间大概在十二点四十三分。对话结束,万华离开审讯室的时间是四十六分。本城回来的时间是五十五分。你有九分钟是独处的。"

"你是说我在那段时间里杀了吹上?"

"没错。"江藤看着哼笑的师光答道。

"愚不可及。"

本城和万华,以及现在还没完全消化事件的守卫和巡警无不面色煞白,交替看向江藤和师光。

"吹上从储物间的破窗潜入进来是事件的起因。如果没有这个偶然,本次事件也不可能发生。"

江藤再次在屋里踱起步来。

"储物间在审讯室隔壁,吹上潜入储物间时,应该听见了万华和你的对话。吹上确认万华离开后进入审讯室。当然,起初你很惊讶,可听对方说明之后了解了情况,想到了本次计划。从距离分析,你料定本城回来还需一点时间,于是你花言巧语引吹上来到物资室,见机刺杀了他。"

"你等等!"

本城尖锐的声音打断了江藤。

"我不懂,为什么鹿野大人要杀死吹上呢?!"

"因为他听万华说我已到监狱,不久后还将进入西区去见大曾根。"

江藤盯着师光的眼睛,一字一句地确认。

"你在和万华的对话中,得知我带刀一事,于是确信能够嫁祸于我了吧。"

"啊?"万华惊讶地扬高了声音。

"鹿野君不是让你带话,叫我注意别让大曾根夺了刀吗?但如果我没有带刀,你肯定会对他说不用担心。"

"可是江藤先生,"本城紧追不舍,"您的说法漏掉了最关键的一点。刀在哪儿?鹿野大人可没带——"

"他带着呢,本城。"

江藤打断了本城,叫起两名守卫的名字。两人听到自己的名字,立刻腰背挺直如铁板一块。

"我问你们,现在站在那儿的鹿野师光和今天进入西区时有何不同?"

白石和大下慌忙看向师光,师光狠狠瞪了两人一眼,又连说"罢了罢了",摊开两手给他俩看。

"没、那个,没什么不同啊……"

白石诚惶诚恐地答道。

"小的和白石同样……啊!"大下好像意识到了什么,小声道,"虽然不是什么要紧的事,不过顾问,您这次没有带伞。"

江藤确实看见师光嘴角浮现出细小的笑意。听到大下的话,白石也连连点头。

"这么一说,您刚才不还撑着伞吗?"

江藤上前一步。

"看来你爱伞的秘密,大家都不知道哪。"

之前五百木边事件之时,本城说师光把伞当拐棍使,所以敲得地面咚咚响也没什么大不了的。可现在不同了。

"知道伞中机关的,只有你和圆理君吧。"

师光说着,像在说旁人的事情。本城和万华一脸惊愕。

"你应该和以往一样,带着伞进入西区。白石、大下,没错吧。"

两人惶恐地点点头。师光在物资室命人拿下江藤时，明明没有穿皮鞋的他，却发出嗒嗒声走远。那正是他随身雨伞的击地声。当江藤听罢事件概要时，他的耳边好似又响起那个声音，当即产生了这条推理。

"你在说什么？"

师光的背终于离开墙壁。

"我确实带着伞进入西区，但也仅此而已。说什么一点以前吹上便进入监狱西区，那只是你的想象。你的推理，一个佐证都没有。"

师光一步一步缓缓靠近江藤。

"还有，你自己也承认，你的推理太过依赖偶然。与其走这条独木桥，我不知道选择更安全的大道吗？"

江藤不作声，手伸进袖管，拿出那枚金属片。师光眯起眼。

"那是啥？"

"尸体倚靠的墙壁上，是不是凿出一个小洞？这是在你们来之前，我在洞里发现的。它嵌在石灰粉中，我看着像是刀尖。"

师光依旧眯着眼，盯着那片金属。

"你查查我的刀，刀尖有无缺损一目了然。可是鹿野君，你的伞呢？"

师光没有回答。

"如果你的机关伞缺了刃尖,而缺口和我手上的碎片一致,那代表着什么不用多言了吧。"

"这块碎片真是在物资室墙壁上发现的?就凭你一张嘴?"

"确实,"江藤点点头,"除了我以外没人能证明。但倘若机关伞真有缺损,又该如何解释你机关伞的刀尖跑到我手里?"

师光沉默摇头,小声笑了。他的笑让江藤感觉浑身浸在冷水里。

"在这里争辩没用,把伞拿来看看不就成了?因为来时用过,所以我把湿伞交给大门门卫晾干。"

师光耸耸肩,啪嗒啪嗒走向门口。

江藤突然吩咐巡警:"你跟着他。"

师光转身嘲笑道:"我又不准备逃跑。"

"鹿野君。"

冲着走出署长室师光的背影,江藤不由得叫出声来。

他想问师光这样就结束了吗,可怎么也说不出口,只有苦闷的热气勉强从喉头呼出。可他有句话不吐不快:

"是因为,有罪必罚吗?"

一刹那,江藤看见师光的面容剧烈扭曲。他的脸仿佛破裂般,受到一股难以形容的冲击。

江藤不由得怔住。而在下个瞬间,师光脸上的表情全都又消失了。

"什么意思?"

好像什么都没发生，鹿野师光翩翩走出署长室。

好似紧绷的丝线一断，江藤顿时瘫倒在客椅上。本城和万华慌忙跑近，可江藤已经没有再说话的力气。有罪必罚，只有这句话在脑海中不断闪回。用杀人之罪，让杀人之罪付出代价。于是师光才为我备下这个罪名吗？远远听着平静的雨声，江藤如是想。

摊开手掌，他呆呆地看着三角形的金属片。

好小的一片。江藤当然知道，这块碎片不过是之前冗长推理的一点补足。

师光点出得没错，没有证据表明这块碎片来自物资室的墙壁。在旁人看来，一定有不少人认为江藤在胡诌。所以江藤必须假装这是决定性的证据，再用自己的口才说服周围的人，因势利导。然而令人意外的是，师光并没有像预想中那样反驳，这场近乎赌博的对辩暂以成功收场。

可是——

江藤抬头看向灰扑扑的天花板，长叹一口气，似欲一吐积压心底的情绪。闭上眼，嘴里如含浓茶一般，渐生出苦涩的余味。

"可是先生竟然带着这种东西。"

本城兀然自语一句。

"那边确实有刀尖刺墙痕迹，我还一直在调查呢。"

就在这时，有什么划过江藤的脑海。

"那痕迹确实显眼。"

幽幽地睁开眼，江藤也跟着念叨起来。心中有个声音在低语：不要追。可回过神时，江藤已经重新梳理起逻辑线。

"手巾被烧说明鹿野君擦过刀上血迹，那为何当时没有留意刀尖断了呢？要是注意到了，他定会立即调查墙面的。"

江藤眉头紧锁。可能的解释只有一个——师光是故意留下刀尖的。但这是为什么？

师光的目的是为了让江藤顶罪，所以不应该留下有利于江藤的证据。若江藤的刀尖真缺了一块还好解释，可就算如此，缺口不一致也是徒劳，再说师光又不知江藤的刀是否缺损，况且那把刀现在确实完好无损。

想到这，江藤突然意识到另一种可能。

"难道说——"

血色刷地退去，抽丝剥茧之后等待着江藤的，是他没想到，也不想触及的一个推理。

江藤嘴唇颤抖着呼唤本城。

"大木君送来的电报是什么内容，还记得吗？"

本城点头，从怀中取出一张纸片。

"鹿野大人给我的，吩咐我转交江藤先生一观。"

不由自主颤抖的手接过电报，快速扫视过纸面文字，江藤的口中不由得漏出呻吟之声。电报里简述了江藤下野的原因，之后大木作结如下：因喰违坂事件，江藤氏乘坐之汽船须泊神户数日。恐佐贺生乱，望鹿野氏亲赴神户，不择手段留下江藤，多谢。

"愚蠢哪。"盯着歪斜的墨字，江藤反复念叨。

随着逐渐加快的心跳，全身也开始发热。可另一方面，唯有头脑在此刻冷静非常，正以惊人的速度继续抽拉推理的丝线。

"鹿野君的目的是让我承担杀害吹上的罪名……可如果是这样……"江藤咕咚一声咽了口唾沫，宛若谵妄般继续自语道，"那是为了防止佐贺生变，这才将我打入牢中，留在京都？"

——快停下。

心声狂啸，可追求真相的自语反叛着江藤的意志，从双唇之间漏了出来：

"如果当面对我说'佐贺危险，勿归'，即使是鹿野君的话我也会充耳不闻吧。正因为知道我的脾气，他才会采取这种方法。"

留下这块残片，最终是为了让江藤洗脱嫌疑，避免刑罚。而江藤拘留府内，该如何处理是他司法顾问的权力。万一内务省要求引渡，只要有了那块碎片，有了那个揭示凶手不是江藤而是师光的铁证，也能保护江藤的安全。

师光也绝非一开始就谋划至此。在吹上现身，告知事情的当下，师光很容易判断出眼前男人对江藤是个威胁。杀死吹上，便可让江藤暂时脱离政府的监视，于是师光想到了这次的杀人计划——可是再往后，江藤什么也想不到了。

"江藤阁下，您怎么了？"万华不安地窥视着江藤的脸。

是面色太难看了吗？江藤冷汗直流，如得了疟疾似的浑身打着摆子。

"他们真慢哪。"本城小声嘀咕道。

这时，江藤腾地弹了起来：

"喂，去看看情况。"

收到本城命令的白石和大下连忙跑出房间。刹那间，江藤脑海中再度飞过阴影。

有罪必罚——这是师光坚信的正义。如今他违背自己的信条、赌上人生的计划破灭了，那么师光的正义又将去向——

江藤正准备奔出房间，此时署长室的门被一把推开，大下跑了进来：

"不、不好了，左近寺巡警倒在走廊里！"

江藤一把推开惊呆的本城和万华，以及堵在门口的大下，奔上走廊。左手边，白石正抱起瘫软无力的左近寺。

江藤从他俩身旁跑过。袜子滑了好几脚，他险些栽倒，跟跟跄跄总算来到玄关。

"喂，见到鹿野君了吗？"

来不及调整粗乱的喘息，江藤冲着从门房一脸惊讶探出头的门卫怒吼道。

"啊，刚刚他来拿过伞。"

"去哪儿了？出去了吗？"

连珠炮似的提问让门卫茫然无措，他指向江藤来路的反方向。江藤用力一蹬地，继续追去。

江藤跌跌撞撞奔跑在走廊上，拉开一扇又一扇门寻找师光的身影。可是什么也没有。

路的尽头有最后一扇拉门。江藤跑近，一口气拉开。

十叠大小的房间，透过拉窗，微光投进房间。房间中央，鹿野师光面对壁龛静坐。双眸如熟睡般紧闭，似乎充耳不闻跟在江藤身后追来的嘈杂声。

寂静。落雨声和自己的呼吸声江藤都听不到，就好像是师光浑身的鲜红血液将这些声音统统吸走了。

身后的本城自江藤身边飞出，扶住师光的双肩。突然，如同吊住身体的丝线绷断了似的，师光颓然倒进血泊中。

不用再探，鹿野师光手中握着胁差。

能听见背后的骚动了，可江藤却听不懂他们呼叫的内容，呼喊声如风一样从他耳边吹过。

迈着六神无主的步伐，江藤走进房间，不顾血污了袜子，站在被本城抱在怀中的尸体旁边。凑近一看，那柄熟悉的黑色洋伞，伞轴里的白刃已经拔出丢在一旁，而刀尖——

"鹿野君。"

他用沙哑的声音呼唤他的名字。

"喂，鹿野君。"

江藤看着师光苍白的脸。可是这个合上双眼的矮小武士，这个自己最亲近的朋友的脸上，再也读不出任何情感。

＊　＊　＊

明治七年二月，佐贺之乱爆发。

三月，江藤新平于逃亡地土佐被俘。经临时法庭裁判，处斩首之刑。

参考文献

《西乡隆盛　通往西南战争之路》，猪饲隆明（著），岩波书店（岩波新书），一九九二年

《幕末维新之城　权威的象征？实战的要塞？》，一坂太郎（著），中央公论新社（中公新书），二〇一四年

《人物丛书87　江藤新平》，杉谷昭（著），日本历史学会（编），吉川弘文馆，一九六二年

《江藤新平　激进改革者的悲剧》，毛利敏彦（著），中央公论新社（中公新书），一九八七年

《京都历史7　维新的激变》，京都市（编），学艺书林，一九八七年

《镜头下的幕末维新志士》，小泽健志（监修），山川出版社，二〇一二年

本书基于史实，内容纯属虚构。

KATANA TO KASA
Copyright © Ibuki Amon 2018
Chinese translation rights in simplified characters arranged with TOKYO SOGENSHA CO., LTD. through Japan UNI Agency, Inc., Tokyo
Simplified Chinese edition copyright: 2023 New Star Press Co., Ltd.
All rights reserved.

图书在版编目（CIP）数据

刀与伞 /（日）伊吹亚门著；白夜译 . —— 北京：新星出版社，2023.3
ISBN 978-7-5133-5118-8

Ⅰ.①刀… Ⅱ.①伊… ②白… Ⅲ.①短篇小说-小说集-日本-现代 Ⅳ.①I313.45

中国国家版本馆 CIP 数据核字（2023）第 015409 号

午夜文库
谢刚 主持

刀与伞

[日] 伊吹亚门 著；白夜 译

责任编辑： 王　萌
责任校对： 刘　义
责任印制： 李珊珊
装帧设计： 人马艺术设计 · 储平

出版发行：新星出版社
出 版 人：马汝军
社　　址：北京市西城区车公庄大街丙3号楼　100044
网　　址：www.newstarpress.com
电　　话：010-88310888
传　　真：010-65270449
法律顾问：北京市岳成律师事务所

读者服务：010-88310811　service@newstarpress.com
邮购地址：北京市西城区车公庄大街丙3号楼　100044

印　　刷：北京美图印务有限公司
开　　本：910mm×1230mm　1/32
印　　张：8.375
字　　数：100千字
版　　次：2023年3月第一版　2023年3月第一次印刷
书　　号：ISBN 978-7-5133-5118-8
定　　价：48.00元

版权专有，侵权必究；如有质量问题，请与印刷厂联系调换。